마음 장애인은
아닙니다 ─

마음 장애인은 아닙니다
불편하지만 살아가고 있습니다

2020년 6월 15일 초판 1쇄 찍음
2020년 6월 25일 초판 1쇄 펴냄

지은이   이진행
펴낸이   이상
디자인   노성일 designer.noh@gmail.com
펴낸곳   가갸날

주 소   10386 경기도 고양시 일산서구 강선로 49, 402호
전 화   070-8806-4062
팩 스   0303-3443-4062
이메일   gagyapub@naver.com
블로그   blog.naver.com/gagyapub
페이지   www.facebook.com/gagyapub

ISBN   979-11-87949-47-3 (03810)

이 도서의 국립중앙도서관 출판예정도서목록(CIP)은
서지정보유통지원시스템 홈페이지(seoji.nl.go.kr)와
국가자료공동목록시스템(www.nl.go.kr/kolisnet)에서
이용하실 수 있습니다. CIP제어번호 : CIP2020022491

마음 장애인은 아닙니다

이진행 지음

불편하지만 살아가고 있습니다

가갸날

추천의 말

나는 저자를 보면 눈시울이 뜨겁다. 회개와 감사가 동시에 일어나게 하는 사람이다. 의지, 열정, 노력… 수많은 단어로 그를 표현하려고 노력하지만 그는 '감사'라는 단어 하나로 자신을 표현한다. 그 '감사'가 우리를 더 회개하게 만드는 듯하다. 이제 그의 감사가 세상의 마음을 품는 하나의 외침이 되어 돌아왔다. 우리는 더 회개만 할 뿐이다. 왜 우린 그의 발을 쫓아가기만 하는가? 왜 그는 우리 앞에서 더 당당하기만 할까? 활짝 웃는 그의 표정에 우리의 작은 마음들이 녹는다. 우리가 원하는 세상은 바로 그의 꿈에서 시작될 것이다. 이 책은 우리가 미처 보지 못한 세상의 마음을 저자의 작은 꿈으로 현미경처럼 찾게 해줄 것이다.

― 김형환 교수 (1인기업 경영멘토)

시간이 흐를수록 선명해지는 사람이 있습니다. 처음에는 독특한 미소로 그리고 이제는 인생을 다독이는 단단함 때문입니다. 함께 기도하고 멀리서 응원하며 지켜본 진행 형제는 물러설 줄 모르는 현재진행형 인물입니다. 일상의 작은 부침도 거절하고 자학하는 이 땅의 성급한 청년들에게 인내와 굳은 신앙으로 풍성한 삶을 개척한 주인공을 소개하고 싶습니다. 불가능할 것 같지만 주어진 기회에 감사하고 기꺼이 도전하는, 조금 특별한 성장기는 우리 모두를 다독이는 인상 깊은 격려가 될 것입니다.

— 조일남 목사 (한샘교회)

장애인은 '아픈 사람'이 아니라 '불편한 사람'이다. 이진행 저자는 몸이 불편한 장애인이지만, 마음만큼은 천하장사의 힘을 가졌다. 마음이 불편한 사람들이 늘어나는 요즘이다. 이 책에 담긴 그의 이야기를 읽으며 내 마음 속 단단하게 굳어 있던 불편함들이 치유되는 경험을 했다. 이진행이라는 자산을 부족하다 불평 없이 10000% 감사 에너지로 발휘하며 이뤄내는 끝없는 도전을 응원한다.

— 소통테이너 오종철

"장애는 불편할 뿐, 불가능은 없습니다."

다른 사람보다 오래 걸릴 뿐 한 걸음 한 걸음 앞으로 나아가는 저자 이진행 님의 모습에 박수를 보냅니다. 특별할 것도 없는 제가 지난 10년간 퍼스널 브랜드를 만들어오면서 알게 된 진실은 느리지만 한 걸음 한 걸음 디지털 발자국을 만드는 게 핵심이라는 겁니다. OO 때문에 못하는 게 아니라 그럼에도 불구하고 앞으로 나아가는 도전과 인내가 중요합니다. 요즘 세상에서 몸은 멀쩡하지만 마음이 불편한 수많은 마음 장애인들에게 이 책을 추천합니다.

— 조연심 (퍼스널브랜딩그룹 엠유 대표)

"나에게는 장애가 있습니다. 하지만 마음에는 장애가 없습니다" 하고 말하는 작가는 마음에 장애가 있는 이들에게 자신의 삶이 얼마나 소중한지를 알려주고자 이 책을 쓰게 되었다고 한다. 그의 말처럼 세상의 편견에 도전하고 신체적 한계를 넘기 위해 끊임없이 시도하는 그의 이야기는 읽는 내내 나에게 큰 용기를 주었고 삶의 소중함을 다시 한 번 일깨워주었다. 지금 마음이 힘들고 지쳤다면, 삶에 용기가 필요하다면 이 책을 꼭 읽어보길 바란다.

— 이랑주 (위박스브랜딩 대표, 《좋아 보이는 것들의 비밀》
《오래 가는 것들의 비밀》 저자)

여러 책들의 추천사를 읽다 보면 "한 번에 다 읽었다. 도 저히 멈출 수 없었다"라는 글을 자주 봅니다. 이진행 작가님 의 원고를 읽으며 제가 그랬네요. 살짝 몇 페이지만 읽고 추 천사를 쓰려고 했는데 그럴 수가 없었습니다. '어떻게 최고 로 멋진 추천사를 쓸까?' 고민 고민하다가 책에서 제가 하고 싶은 이야기를 딱 발견하여 이것으로 대신합니다.

"진행 씨가 장애를 극복하며 살아가는 모습을 보면 내 가 가진 삶의 문제는 아무것도 아님을 알게 돼요. 너무 고마 워요."

감사 마스터 이진행 작가님의 삶을 통한 교훈이 담긴 이 책을 온 가족이 함께 보길 추천합니다.

— 곽동근 (강의천재, 에너지스타 유튜브 크리에이터)

이진행 작가의 책에는 불편한 몸을 통해 얻어낸 시대를 넘어선 깊은 깨달음과 삶의 지혜가 있습니다. 이러한 경험의 통찰이 고스란히 담긴 저자의 책이 삶에 지치고 힘겨워하는 모든 이들에게 몸과 마음을 아우르는 진정한 치유의 길로 안 내해주리라 믿습니다.

— 정주호 (스타트레인 대표)

들어가는 글

입에 욕을 달고 사는 지인이 있었습니다. 그가 내뱉는 말은 언제나 비관적이고 부정적인 말뿐이었습니다.

"힘들어 죽겠어."

"사는 게 정말 힘들어."

"울고 싶어."

"죽고 싶어."

그런 그를 보면서도 충고의 말을 해줄 수 없었습니다. 저도 그렇지 않을까 하는 생각이 들었기 때문입니다.

그러고 보니 벌써 10년도 더 지난 일입니다. 그 지인은 이제 세상에 없습니다. 마음이 힘들어서 결국 유명을 달리하고 말았습니다. 그는 마음에 장애가 있었던 것입니다.

다들 힘들다고 합니다. 사람과의 관계가 힘들고 살아가

는 것이 힘들다고 합니다. 그들에게는 아무런 신체적인 장애가 없습니다. 마음이 공허할 뿐입니다. 마음 장애인인 것입니다.

발달장애인은 '같은 또래에 비해 신체적 또는 정신적인 발달이 정상적으로 이루어지지 않은 사람'을 가리킵니다. 몇 년 전까지만 해도 발달장애인을 정신장애인이라고 불렀습니다. 하지만 발달장애인들을 만나면 과연 그들이 정신장애인인가 하는 의구심이 듭니다. 발달이 정상적으로 이루어지지 않았을 뿐, 그들 가운데는 뛰어난 능력을 지닌 이들이 많습니다. 몸에 장애가 있지만 항상 즐거워합니다. 마음에 장애가 있는 이들인지 믿기지 않을 때가 많습니다.

오히려 마음이 아픈 이들이 정신장애인 아닐까요? 우울하고 불안한 증세를 보이는 이들이 점점 많아지고 있습니다. 그들은 신체에 아무런 장애가 없습니다. 사람과의 관계로 인한 고통, 과중한 일, 불안한 미래가 마음에 장애를 만드는 것입니다. 쉼이 필요하고 따뜻한 위로의 말이 필요합니다.

저는 태어날 때부터 장애인이었습니다. 5살 때까지는 바로서기조차 힘들었습니다. 하지만 마음만은 장애를 갖고 있지 않습니다. 다들 제게 이렇게 말합니다.

"진행씨는 마음이 고와."

"항상 노력하는 열정이 넘치는 사람이야."

저 역시 힘든 삶을 살아왔습니다. 사람들의 멸시와 따가운 눈총을 받으며 살았습니다. 처음에는 견디기 힘들었습니다. 세상을 원망도 많이 했습니다.

어느 날부터 더 이상 제 자신을 부끄러워하지 않기로 마음먹었습니다. 있는 그대로의 저를 받아들이기로 하였습니다. 세상이 달리 보이기 시작하였습니다. 살아 있는 것에 감사하게 되었습니다. 웃으며 살아가게 되었습니다.

장애는 불편할 뿐, 불가능은 없습니다. 그래서 장애를 이겨내기 위해 누구보다 열심히 도전하는 삶을 살고 있습니다. 넘어져 온몸이 성한 데가 없을 만큼 걷기 연습에 매달렸습니다. 등산도 다니고 래프팅에도 도전하였습니다. 장애인 체육대회에 나가 메달도 땄습니다.

장애는 제게 인내를 가르쳐준 고마운 친구입니다. 다른 사람들보다 오래 걸릴 뿐 한 걸음 한 걸음 앞으로 나아가는 중입니다. 지금도 저는 매일 발음 연습을 하고 체력을 기르기 위해 꾸준히 운동하고 있습니다. 그 때문일까요. 책도 쓰고 단편영화도 찍었습니다. 어눌한 발음이지만, 최고의 강사가 되겠다는 꿈도 놓지 않고 있습니다.

부모님을 비롯한 주위 사람들의 응원이 큰 힘이 되었습니다. 아버지는 제게 "진행아, 고개 들어. 당당해라" 하며 세상에 똑바로 설 수 있도록 용기를 북돋워주었습니다. 어머니의 헌신과 지인들의 도움이 없었다면 진작 좌절했을지 모릅니다.

　마음에는 장애가 없다는 생각이 저를 움직이게 했습니다. 매일 작은 것이라도 해나가는 즐거움이 소소한 행복을 가져다주었습니다. 저는 마음만은 행복한 장애인입니다.

　더 나아가 저는 '감사마스터'입니다. 항상 감사하며 사는 사람에게 마음 장애는 없을 것입니다. 부끄럽지 않은 당당한 장애인으로 세상에 설 것입니다. 성공이 아닌 성장을 위해 나아갈 것입니다. 아무리 신체적으로 힘들어도 행진을 멈추지 않을 것입니다.

항상 감사하는 삶을 살고 있는
감사마스터 이진행

차례

1
—
장애를
바라보는
시선

태어날 때부터
장애인

"뇌성마비입니다."

청천벽력 같은 소리였습니다. 부모님은 하늘이 무너지는 마음으로 병원 문을 나섰습니다. 첫 아이가 장애아라니….

1975년 음력 7월 10일 오후 3시, 등에 땀이 흐를 정도로 더운 날씨였습니다. 이날 저는 전라북도 전주에 자리한 작은 산부인과병원에서 태어났습니다. 태어날 때 젖줄이 끊겨 엄마의 젖을 섭취하지 못했습니다. 바로 전북대학병원으로 옮겨 인큐베이터에 들어갔습니다. 7일 만에 퇴원해야 했습니다. 집안형편이 넉넉지 않아 병원에 오래 있을 수 없었습니다. 부모님은 눈물을 머금고 퇴원수속을 밟았습니다. 어머니 역시 산후 여파로 한동안 고생하였습니다.

저는 걸어야 할 나이가 되었는데도 걷지 못하였습니다. 병원에 가서 진단을 받았습니다. 뇌성마비 진단이 나왔습니다.

부모님은 저를 등에 업고 유명하다는 병원은 다 다녔습니다. 장애도 고칠 수 있는 길이 있을 거라는 희망을 품고 병원을 전전하였습니다. 부모님의 열정이 지금의 걸어 다니는 제 모습을 만들어 놓았습니다.

다른 집 아이들은 잘 걸어 다니는데 걷지 못하는 아들을 보는 부모님의 마음은 어떠했을까요? 억장이 무너졌겠지요. 그러면서도 아들의 미래를 걱정해 매일매일 눈물로, 기도로 지새우셨겠지요.

"이 아이가 잘 클 수 있을까?"

"커서 무엇을 하며 살아갈까?"

"결혼은 할 수 있을까?"

이런저런 걱정을 하며 저를 키우셨을 것입니다. 모든 장애 아이를 가진 부모의 생각이 같을 것입니다.

겨우 걷기 시작한 것은 초등학교 2학년 무렵이었습니다. 그때까지 부모님은 저의 장애를 고쳐보겠다며 온갖 방법을 동원하였습니다. 하지만 그것은 임시방편일 뿐이었습니다. 어떤 방법도 효험이 없었습니다. 그 후론 아버지의 손에 이끌려 재활치료에 전념하였습니다.

저는 선천적 장애인입니다. 장애인으로 태어난 것을 원망하지 않았다면 거짓말입니다. 자라면서 장애를 원망한 적이 수없이 많았습니다.

"나는 왜 태어났을까?"

"나는 왜 장애인으로 태어났을까?"

장애 때문에 따돌림을 받지 않을까 하는 걱정이 항상 마음 한구석을 감쌌습니다. 길거리를 지나갈 때 무서웠던 적이 한두 번이 아니었습니다. 뒤따라오는 사람이 모두 제 걸음걸이를 흉내내는 것만 같았습니다. 장애인으로 태어난 것이 너무나 원통했습니다. 장애를 가지고 살아갈 세상을 생각하니 눈앞이 깜깜했습니다.

3년 뒤에 동생이 태어났습니다. 다시 2년이 흐른 다음 막내 동생이 태어났습니다. 저는 삼형제 중 맏이입니다. 동생이 걷기 시작할 즈음에도 저는 여전히 걷지 못했습니다.

여느 집과 마찬가지로 우리 삼형제도 많이 싸우며 자랐습니다. 어느 날 부모님께서 장난감 말을 사 주셨습니다. 장난감 말을 서로 타려는 욕심에 형제끼리 다투게 되었습니다.

"내가 탈래."

"아니야, 내가 탈 거야."

그러자 어머니는 장난감 말을 뺏으며 이렇게 말씀하셨

습니다.

"너희들 싸울 거면 이 말 다시는 못 탄다!"

부모님께서는 언제나 우리 형제를 동등하게 대해주셨습니다.

저는 5살 때까지 걷지 못했습니다. 초등학교 2학년 이전까지도 누가 휠체어를 밀어주지 않으면 움직일 수가 없었습니다. 부모님의 도움 없이는 아무데도 갈 수 없는 존재였습니다. 초등학교 2학년이 되어서야 부자연스럽지만 삐뚤삐뚤 걷기 시작했습니다.

차츰 저는 장애인으로 태어난 제 모습을 인정하기 시작했습니다. 장애를 가지고 태어났지만 당당하게 행동하며 살아야 된다는 마음가짐을 되새겼습니다.

"이까짓 세상 절대 두렵지 않아. 당당하게 살아가자."

이런 마음이 가슴속에 각인되었습니다. 장애로 인한 어려움을 잘 헤쳐 나갈 수 있다는 믿음을 부모님께서 매일 북돋워주셨습니다. 부모님의 보살핌 속에서 장애인으로 세상을 살아갈 용기를 갖게 되었습니다.

온갖 병원을
전전하다

제가 장애를 가지고 태어난 것을 알게 된 부모님은 저를 데리고 유명하다는 병원은 다 다녔습니다. 전북대학병원, 여수애향병원, 전주예수병원···. 안 다닌 병원이 없을 정도였습니다. 없는 살림에 빚을 내가며 장애를 고쳐보겠다는 일념으로 뛰어다녔습니다.

처음 들른 전주대학병원 재활의학과 의사는 무덤덤하게 말했습니다.

"뇌성마비는 재활운동뿐입니다."

의사의 이 말에 부모님은 '희망이 없단 말인가' 하고 절망하였습니다. 평생 장애를 안고 살아야 한다는 생각에 억장이 무너졌습니다. 부모님은 여기서 멈출 수 없었습니다. 다른 병원을 찾아갔습니다. 하지만 다른 병원에서도 역시 똑같은 답변이었습니다.

　두 번째로 간 병원은 여수애향병원이었습니다. 재활 분야에서 권위가 있다는 소문을 듣고 간 병원이었습니다. 부모님은 고향인 오수에서 저를 안고 여수까지 달려갔습니다. 당시 저는 몸이 통통했습니다. 무거운 아이를 안고 낯선 도시를 찾아가는 부모님의 심정은 어땠을까요? 용하다는 소문을 듣고 달려갔건만 역시 같은 답을 들어야 했습니다. 과연 권위가 있는지 의문스러웠습니다.

　"아! 여기까지인가?"

　부모님은 하늘이 무너지는 것 같았습니다. 그래도 주저앉을 수는 없었습니다. '반드시 희망이 있을 거야' 하는 간절한 마음으로 다른 병원을 찾아갔습니다. 하지만 돌아오는 답변은 한결같았습니다.

　"평생 장애를 가지고 살아야 하는가?"

　"평생 못 걷게 되면 어쩌지?"

　부모님은 별의별 생각이 다 들었습니다. 닥쳐올 앞날이 두려웠습니다. 바깥세상은 구경도 못하는 것 아닐까, 이 아름다운 세상을 보지 못할 수도 있겠구나… 부모님의 마음에 비가 내렸습니다.

　"평생 장애를 가지고 살아야 합니다."

"장애를 이겨내는 길은 재활뿐입니다."

"영영 고칠 수 없습니다."

이런 말에 부모님의 마음은 거듭 무너져 내렸습니다. 결국 현실을 인정해야 했습니다. 재활운동을 시작했습니다. 집에서 재활운동을 하면서도 숱한 병원을 돌아다녔습니다. 희망의 끈을 놓을 수 없어서였습니다. 재활치료를 위해서이기도 했습니다.

부모님은 제게 둘도 없는 선물입니다. 평생 장애인으로 살아가야 할 저를 위해 혹시나 고칠 방법은 없을까 노심초사하며 돌아다녔을 부모님을 생각하면 가슴이 미어집니다.

부모님에게서 절대로 포기하지 않는 인내를 배웠습니다. 부모님을 통해 인내하고 살아가는 용기를 얻었습니다. 부모님을 보며 수도 없이 이렇게 되뇌었습니다.

"장애가 있다고 삶을 포기하지는 말자."

처음에는 아버지, 어머니 두 분과 함께 병원에 다녔습니다. 그러다가 아버지와 둘이서 다니기 시작하였습니다. 어머니는 생계를 위해 뭐라도 해야 했습니다. 아버지는 저를 번쩍 안아 들고 무거운 내색 한번 하지 않으셨습니다. 나중에는 유모차가 생겨서 유모차를 타고 다녔습니다. 유모차에서 휠체어로 옮겨간 나이는 여섯 살 무렵이었습니다.

제가 여섯 살 때 부모님은 우리를 외갓집에 맡겨놓고 고향 오수로 가셨습니다. 아버지 직장 일 때문이었습니다. 외갓집 앞길은 큰 도로였습니다. 우리 삼형제는 그 위험한 도로가에 나란히 앉아 아빠, 엄마는 언제 오실까 하고 기다렸습니다.

"아빠, 엄마는 언제 오지?"

"곧 오실거야."

우리 집은 그리 부유한 편이 아니었습니다. 아버지는 8급 기능직 공무원으로 안정적인 직장이었지만 박봉이었습니다. 적은 월급으로 병원비를 충당하려니 감당이 안되었습니다. 그런 속에서도 좋은 옷을 사 입히고, 좋은 음식을 해 먹였습니다. 아이들만큼은 잘 키우고 싶으셨던 것입니다.

저는 말할 나이가 되었는데도 말을 제대로 못했습니다. 어눌하기 짝이 없었습니다. 지금은 완벽하지는 않지만 알아들을 만큼은 되었습니다. 그동안 피나는 노력으로 발음 연습을 해왔습니다. 지금도 꾸준히 발음 연습중입니다. 어렸을 적에 저를 보고 부모님은 '걸을 수나 있을까' 하고 걱정하셨습니다. 하지만 지금 저는 잘 걸어 다닙니다. 비록 완전하지 않아도 걸어 다닙니다.

마음 장애인은
아닙니다

24

'재활운동뿐입니다' 하는 병원측의 말이 무책임하게 느껴지기도 했습니다. 하지만 재활운동뿐이라는 그 말이 제게 살 희망을 안겨주었습니다. 그 말이 저로 하여금 운동하게 하고 발음 연습에 매달리게 했습니다. 좌절하고 포기해버렸다면 지금의 저는 없었을 것입니다. 삶에 동력을 부여해준 단어가 있다면 '희망'입니다. 희망하면서 노력하면 결코 포기하지 않는 삶을 살 것이라는 확신이 듭니다.

온갖 병원을 전전하며 앞날이 캄캄했지만 지금의 저는 건강합니다. 잘 걸어 다닙니다. 사람들과 소통도 원활히 하고 있습니다. 이만큼 걷고 말하는 것도 감사한 일입니다. 부모님의 헌신 덕분입니다. 부모님의 헌신이 지금의 저를 만들었습니다. 낭떠러지에 선 듯한 절망이 오히려 희망을 품을 수 있게 해주었습니다.

병원 문을 들락거리던 어릴 적의 희미한 기억이 떠오릅니다. 제 손을 잡고 병원을 들어서던 부모님의 가슴속에도 희망이 자리하고 있었을 것입니다. 고칠 수 있다는 희망이 있었기에 전국의 유명한 병원을 다 돌아다녔을 것입니다.

'희망'은 제 삶의 이유입니다. 주어진 장애를 받아들여야 합니다. 장애를 가지고 살면서 희망을 놓지 않은 채 강해져야 합니다.

휠체어에
앉다

제가 걸을 수 있게 된 것은 수많은 연습의 결과입니다. 외갓집이 경남 진주입니다. 부모님과 떨어져 외갓집에서 지낸 1년 동안 특수학교인 '진주 혜광학교'에 다녔습니다.

외갓집에는 외할머니, 막내 이모, 막내 외삼촌이 같이 살았습니다. 외할머니는 몸이 불편하셔서 낮에는 늘 마루에 걸터앉아 계셨습니다. 학교에 등교할 때는 막내 이모가 통학버스가 서는 곳까지 데려다주었습니다.

특수학교를 1년 다닌 다음 일반 초등학교로 옮겼습니다. 일반 초등학교로 옮긴 다음부터는 다리가 약해져 휠체어를 타고 다녔습니다.

일반 초등학교로 옮겼는데 초등학교 1학년부터 다시 다녔습니다. 휠체어를 타면 누군가가 밀어주지 않으면 움직일 수 없었습니다. 당시 아버지는 학교에 근무하셨습니다. 종종 아버지께서 학교까지 휠체어를 밀어준 적이 있었습니다. 하지만 1학년 1년 내내 휠체어에 태워 학교에 데려다준 것은 어머니였습니다. 어머니는 눈이 오나 비가 오나 등하교 시에 휠체어를 밀어주었습니다.

하루는 비가 많이 오는 아침이었습니다. 그날도 어김없이 어머니는 우산을 받쳐 든 채 휠체어를 밀어 저를 등교시켰습니다. 휠체어를 타고 가는 동안은 어머니의 얼굴을 볼 수가 없었습니다. 학교에 도착해서 어머니의 모습을 보니 비에 흠뻑 젖어 있었습니다.

"엄마, 다 젖었네. 어쩌지?"

젖어 있는 어머니의 모습을 보면서 어눌한 말로 이 말밖에 할 수 없었습니다. 어머니는 저만 우산을 씌워주고 당신은 비를 맞으며 휠체어를 밀었던 것입니다. 어머니는 '괜찮아!'라고 짐짓 아무렇지도 않은 듯 말씀하셨습니다. 어찌할 수 없었던 제 마음속에서는 억수 같은 비가 내리고 있었습니다. 이어지는 어머니의 말씀에 가슴이 먹먹해졌습니다.

"너만 안 젖으면 돼."

어머니는 휠체어를 밀면서 '우리 아들 건강하게만 자라게 해주세요' 하고 기도하였을 것입니다. 그리고 빗물 같은 눈물을 흘렸을 것입니다.

어머니의 소원은 아들이 비록 장애를 가지고 태어났지만, 건강하게 자라주었으면 하는 일념이었겠지요. 모든 장애아를 둔 부모의 마음일 것입니다. 이런 어머니의 도움이 아니었다면 어떻게 학교를 다녔을지 지금 생각해도 무서워집니다.

어머니가 등교시켜놓고 가면 학교 생활하는 동안 친구들이 휠체어를 밀어주었습니다. 담임선생님께서 많이 챙겨주셨습니다. 친구들에게도 저와 친하게 지내라고 부탁하셨습니다. 그래서인지 친구들은 제게 친절히 잘해주었습니다. 어머니가 하교시에 학교에 못 오실 때에는 반 친구들이 집까지 휠체어를 밀어주었습니다. 그때 그 친구들이 어디서 무얼 하며 지내고 있는지 궁금하고 보고 싶습니다.

간혹 괴롭히는 친구도 있었습니다. 한 번은 이런 일이 있었습니다. 반에서 장난이 심한 친구가 저를 휠체어에서 내리게 했습니다. 그리고 이렇게 말하였습니다.

"야, 기어 다녀봐."

뭐라고 대꾸할 수가 없었습니다. 천천히 움직이니 발로 찼습니다. 조그마한 친구가 찬 것이지만 아팠습니다. 마침 담임선생님께서 교실에 들어오다가 그 장면을 목격하였습니다. 선생님은 친구를 나무라면서 제게 사과하도록 하였습니다. 화가 났지만 친구이니 용서해 주었습니다.

이 친구보다 더 심한 친구도 있었습니다. 휠체어를 타고 복도를 지나가려니 휠체어를 잡아 넘어뜨리려고 하였습니다. 저는 넘어지지 않으려고 몸부림을 쳤습니다. 그러면서 어눌한 말투로 말했습니다.

"왜 그러는 거야? 이러지 마."

이번에는 담임선생님께서 그냥 지나치지 않고 그 친구를 호되게 혼내셨습니다. 제 말투며 걸음걸이를 흉내내면서 괴롭히는 친구들이 있는 반면에, 호의를 갖고 대해준 고마운 친구도 있었습니다. 휠체어를 밀어주던 친구가 이렇게 말을 걸어오기도 했습니다.

"진행아, 우리 친하게 지내자."

이런 친구들과는 둘도 없는 친구가 되었습니다. 지금도 가끔씩 그 친구들과 연락을 주고받습니다. 하루는 학교수업을 마칠 때쯤 한 친구가 말했습니다.

"진행아, 우리 집에 가서 같이 놀지 않을래?"

저는 망설였습니다. 곧 있으면 어머니가 데리러 오기 때문이었습니다. 학교에 온 어머니께 그 친구가 물었습니다.

"진행이 저희 집에 가서 놀아도 돼요?"

어머니는 걱정스런 눈빛으로 승낙해주었습니다. 그렇

게 친구의 집으로 가서 재미난 시간을 가졌습니다.

제가 초등학교를 다니던 1980년대 초반은 장애인에 대한 인식이 그리 높지 않던 시절입니다. 요즈음은 학교에서 장애인권교육을 의무적으로 실시합니다. 그때는 이런 교육이 없었습니다. 부모들이 이런 교육을 받아 각 가정에서 아이들을 가르쳤으면 하는 바람을 가지고 있습니다.

초등학교 1학년 동안은 줄곧 휠체어에 앉아 생활하였습니다. 그 1년을 보내면서 '인내'라는 것을 배웠습니다. 휠체어에 의존해 생활하는 불편함 속에서도 친구들의 괴롭힘에 굴하지 않는 인내력을 기를 수 있었습니다.

마음 장애인은
아닙니다

휠체어에서
벗어나다

"천천히 걸어 보는 거야!"

걷는 것이 너무나 두려웠습니다. 한 발 내딛는 것이 얼마나 어려웠는지 모릅니다. 아버지의 목소리가 안 들린 적도 많았습니다. 보조기를 차서인지 더욱 더 한 발을 내딛는 것이 힘겨웠습니다. 하지만 걸어야 했습니다. 인내가 필요했습니다.

고향집 앞에 넓은 공터가 있습니다. 그 공터는 저의 걷기 연습장소였습니다. 거기서 일주일에 2~3회씩 아버지와 함께 걷기 연습을 했습니다. 아버지는 100m 앞에서 걸어오라고 말합니다. 천천히 걷기 시작합니다. 걷다가 넘어집니다. 걷다가 넘어지고를 몇 번이나 반복했는지 기억이 안 납니다. 제가 넘어져도 아버지는 일으켜 세워주지 않았습니다.

장애를
바라보는 시선

스스로 일어나게 만들기 위해서였습니다.

걷기 연습을 시작한 다음부터 무릎은 성할 날이 없었습니다. 무릎뿐만이 아니었습니다. 얼굴, 팔 등 어느 곳 하나 성한 데가 없었습니다. 한 걸음 내딛는 데 1분 이상이 걸렸습니다. 자신과의 싸움이었습니다. 아버지는 제가 넘어질 때마다 '천천히 일어나 걸어봐'라고 말하며 용기를 북돋워 주었습니다.

처음에는 다리에 힘이 없어 아래만 보고 걸었습니다. 아래만 보고 걸어가다가 넘어졌습니다.

"땅을 보지 말고 아빠를 똑바로 보고 걸어."

앞을 보고 걸어야 하는데 땅만 바라보고 걸으니 아버지가 한 말입니다. 아버지의 말이 귀에 들어오지 않았습니다. 그저 외면하고 싶었습니다. 넘어지면 한동안 엎드려 있었습니다. 엎드려 있으면 아버지는 말씀하십니다.

"진행아, 혼자 일어나봐!"

아버지의 목소리가 들리지 않았습니다. 한참을 그대로 엎드려 있었습니다. 아버지가 다가오는 인기척이 들렸습니다. 그래도 움직이지 않은 채 넘어진 그대로 있었습니다.

아버지가 저를 일으켜 세웁니다. 그리고 다시 걸어가게 합니다. 저는 다시 걷습니다. 걷다 또 넘어집니다. 그럴 때마다 아버지는 격려해줍니다. 이렇게 말입니다.

"견뎌라."

"혼자서 일어나라."

아버지의 동기부여는 힘이 되었습니다. 지금도 제가 흔들릴 때마다 아버지의 말씀이 귓가에 들리곤 합니다. 돌아가신 아버지가 생각납니다. 눈에서 눈물이 흐릅니다.

한번은 이런 일이 있었습니다. 아버지가 제 손을 잡고 함께 걷다가 어느 순간 손을 놓아버립니다. 그 순간 저는 얼어버립니다. 마치 신발에 접착제가 붙은 듯이 얼어버립니다. 다리에 힘이 빠집니다. 눈앞이 깜깜해집니다. 주저앉으려 할 때 아버지가 말씀하십니다.

"아빠를 바라보고 걷는 거야. 그러면 걸을 수 있어! 자! 해보자!"

아버지는 제가 혼자 걸어야 한다고 계속 말씀하십니다. 얼이 빠진 상태라서 아버지의 말이 안 들릴 때도 있습니다. 한걸음 떼는 데 10분 넘게 걸린 적도 있습니다. 아버지는 포기하려 하지 않습니다. 계속 걷기 연습을 시킵니다.

어려움을 극복하는 방법을 그때 배웠습니다. 아버지가 가르쳐주신 포기하지 않는 마음과 자세로 오늘을 살고 있습니다.

보조기를 착용하려고 했을 때의 일입니다. 없이 사는 형편에 비싼 보조기를 구입했습니다. 부모님은 다리에 보조기를 차고 걷기 연습을 하게 했습니다. 저는 보조기를 착용하는 것이 귀찮았습니다. 보조기를 채워주면 울었습니다. 다리에 중압감이 느껴졌습니다. 보조기를 차고 걸으면 걷는 속도가 더 느려졌습니다. 그래도 부모님은 보조기를 착용하고 걸어야 한다고 주장했습니다. 몇 번을 참고 따랐습니다. 끝내 울면서 말했습니다.

"아버지, 저 보조기 빼고 걸으면 안돼요?"

"아니, 차고 걸어야 해. 그래야 다리에 힘이 생기지."

보조기를 빼고 싶었지만 아버지의 말을 들어야 했습니다. 드디어 초등학교 2학년 때 휠체어에서 벗어났습니다. 하지만 걸음걸이는 미약했습니다.

두려움이 엄습했습니다. 1년 동안 휠체어를 타고 다니다가 걸어 다닐 생각을 하니 두려움이 들었습니다. 한참 동안 겁에 질려 살았습니다. 휠체어에 앉아 지내는 것이 몸에 배어 있었습니다. 형성된 습관에서 벗어나기 위해서는 용기가 필요했습니다. 용기를 발휘하기 위해 얼마나 몸부림쳤는지 모릅니다.

휠체어는 저와 한몸이나 다름없었습니다. 항상 동행하

던 휠체어에서 벗어나는 데는 큰 용기가 필요했습니다. 용기를 발휘하기 위해서는 자신감이 필요했습니다. 사실 일어설 자신감이 없었습니다. 자신감을 갖는 데 적지 않은 준비기간이 필요했습니다. 마치 애벌레가 나비로 변신하는 것 같은 힘겨운 과정을 거쳐서 조금씩 걷게 되었습니다. 삐뚤삐뚤 미약하게나마 걷게 된 것입니다.

휠체어에 벗어나는 순간 세상과의 또 다른 싸움이 시작되었습니다. 짓궂은 친구들의 장난이 심해졌습니다. 친구들은 제가 걸어가는 모습을 흉내내었습니다. 그럴 때마다 저는 어눌한 말투로 하소연했습니다.

"야! 따라하지 마."

이렇게 소리치곤 속상해 울었습니다. 얼마나 노력해서 이나마 겨우 걷게 된 것인데, 짓궂은 친구들에게 놀림감이 될 수만은 없었습니다. 때로는 싸웠습니다. 때로는 울기만 했습니다. 상대를 하면 할수록 친구들은 더 나를 괴롭혔습니다. 참다가 싸우고 울고를 반복했습니다.

그렇게 힘든 상황을 이겨내고 휠체어에서 벗어난 지 37년이 되었습니다. 노력의 결실입니다. '인내'는 제 평생 친구가 되었습니다. '인내'라는 친구가 아니었다면 휠체어에서 벗어나지 못했을 것입니다. '인내'라는 친구를 아버지가 만

나게 해주셨습니다. 호의를 베풀어준 친구들은 평생 친구가
되어주었습니다. 부모님과 호의를 베풀어준 친구들을 평생
잊을 수 없을 것입니다.

둘도 없는
부모님의 사랑

"성실하게 살아라!"

"꿋꿋하게 살아라!"

부모님이 자주 하시던 말씀입니다. 부모님은 평생을 성실하게 꿋꿋하게 사셨습니다. 아버지는 직장에서 인정받은 '성실' 그 자체였습니다. 아버지는 학교 서무과에서 '주사'급 공무원으로 일하셨습니다. 게으름을 모르는 아버지였습니다. 학교에서 시키지 않는 일까지 다 하셨습니다. 아버지께서 퇴직하실 때 받은 표창장과 훈장이 그 성실함을 입증합니다.

아버지는 퇴근하시면 가만히 안 계셨습니다. 집안에 고칠 것은 없는지, 필요한 것은 없는지 다 확인해 고치고 채워놓으셨습니다. 연탄 보일러를 사용하던 시절이었습니다. 아버지께서는 보일러 시공자를 부르지 않고 직접 만들어 사용했습니다.

고향 집 마당에는 꽃밭이 있었습니다. 그 꽃밭도 아버지 작품입니다. 꽃밭에는 샐비어, 장미꽃, 모과나무, 봉숭아 등 온갖 식물을 심었습니다. 아버지는 꽃밭 가꾸는 작업을 매일 하셨습니다. 아침에 일어나 꽃밭에 꽃이 만발한 모습을 보면 마음이 흐뭇하고 행복했습니다. 샐비어 꽃에서 나오는 꿀을 뽑아 먹던 기억이 납니다.

어머니는 봉숭아 꽃잎으로 손톱, 발톱에 봉숭아물을 들여 주었습니다. 모과나무 열매를 따 해마다 모과주를 담갔습니다. 마당에는 우물이 있었습니다. 우물 옆에 지은 멋진 목욕탕 역시 아버지 작품입니다. 집안에 필요한 일은 일체 다른 사람을 시키지 않고 아버지께서 다 하셨습니다. 아버지는 무슨 일이든 최선을 다해 성실하라고 우리 삼형제에게 행동으로 모범을 보여주셨습니다.

고향집 뒤란에는 작은 텃밭이 있었습니다. 그 텃밭에 딸기나무를 심어 잘 익은 딸기를 따먹던 기억이 납니다. 가지나무도 심었습니다. 텃밭에 심은 호박 넝쿨이 온 지붕을 덮고 호박이 주렁주렁 열렸습니다.

어느 날 어머니는 그 텃밭을 갈아엎으셨습니다. 그리고 생계에 도움을 주기 위해 닭장으로 개조하였습니다. 어머니는 닭을 키워 팔았습니다. 통닭도 구워 팔았습니다. 닭은 원 없이 먹어보았습니다.

서울로 이사 온 다음 어머니는 우리 삼형제의 교육비를 벌기 위해 이모가 운영하던 만화방을 인수받아 운영하였습니다. 우리 삼형제의 학교 성적이 떨어지는 것을 보고는 몇 년 만에 미련 없이 만화방을 접었습니다. 어머니도 성실하게 사셨습니다.

아버지는 30대 초반에 술을 배웠습니다. 그 후로 자주 술을 마셨습니다. 그렇게 순하던 아버지는 술을 마시면 달라졌습니다. 아버지께서 술을 마시고 들어오신 날이면 두려움이 몰려왔습니다. 말이 많아지고 공포 분위기를 만들었습니다. 아버지께서 술을 찾게 된 것은 저 때문이기도 할 것입니다.

2002년은 한일 월드컵이 열린 해입니다. 그해 여름에 아버지는 정년퇴임을 하셨습니다. 퇴임하시면서 아버지는 대통령으로부터 근정훈장을 받았습니다. 집안의 자랑입니다.

퇴임 후 아버지 몸에 이상증상이 나타났습니다. 어머니와 함께 병원에 가서 진단을 받으셨습니다. 그날 집에는 어머니 혼자 오셨습니다. 아버지는 병원에 입원하셨던 것입니다.

병원에 다녀온 어머니의 말씀은 청천벽력이었습니다. 어머니 얼굴에는 눈물이 고여 있었습니다.

"진행아, 아버지가 간암 말기시란다."

눈물이 흘렀습니다. 바닥에 주저앉았습니다.

간암 말기 판정을 받은 아버지는 병원 입원과 통원치료를 번갈아했습니다. 후회가 되는 일이 있습니다. 아버지께서 입원한 병원에 한 번도 가보지 못했습니다. 저를 걷게 해주신 아버지입니다. 그런 아버지께서 입원해 계신 병원에 이런 저런 이유로 한 번도 병문안을 가지 못한 것이 큰 후회로 남아 있습니다.

아버지는 1년 동안 투병하시다가 2003년 가을에 돌아가셨습니다. 아버지가 돌아가신 날은 주일이었습니다. 아버지가 임종하신 그 시간에 저는 교회에서 예배 중이었습니다. 그날은 무언가 느낌이 이상해서 핸드폰을 켜 놓았습니다. 아니나 다를까 예배 도중에 진동이 울렸습니다.

바로 뛰어 나가서 버스를 탔습니다. 곧장 장례식장으로

향했습니다. 장례식장에 도착하자 눈물이 하염없이 흘렀습니다. 병원에서 투병하시는 동안 한 번도 가보지 못한 아쉬움에 눈물이 흘렀습니다. 얼마나 울었던지 눈이 퉁퉁 부었습니다.

어머니는 아버지가 돌아가신 후에 이런 말을 자주 하십니다.

"아버지가 한 10년만 더 살다 갔으면 이렇게 힘들지는 않았을 텐데, 아버지 빈자리가 크게 느껴지는구나."

아버지가 병을 어느 정도 이겨내면 시골에 가서 요양을 하시게 해 완치시키겠다는 게 어머니의 마음이었습니다. 그리 못한 것이 못내 아쉬워 가끔 이런 말을 하십니다. 어머니의 말이 더 제 마음을 아프게 합니다.

아버지는 제게 둘도 없는 존재였습니다. 초등학교 시절에 아침에 등교할 때 종종 자전거를 태워주셨습니다. 자전거를 타고 아버지 허리를 꽉 안았습니다. 아버지 허리는 정말 따뜻했습니다. 아버지는 항상 자전거를 타고 출퇴근하셨습니다. 지금은 아버지의 자전거를 탈 수 없지만 아버지 자전거가 그립습니다. 아버지의 따스했던 등과 허리의 느낌을 느끼고 싶습니다.

부모님께서는 세 아들을 위해 모든 것을 희생했습니다. 삼형제 중 맏이가 장애인으로 태어났습니다. 장애를 고쳐보려고 온갖 병원을 다 다녔습니다. 평생 장애를 안고 살아야 함을 알고 열심히 재활운동을 시켰습니다.

제게 부모님은 그 어떤 것과도 바꿀 수 없는 존재입니다. 솔직히 살아 계신 어머니에게도 잘 못하고 있습니다. 하지만 만회할 기회는 많겠지요. 어머니만큼은 건강히 오래오래 사셨으면 합니다.

제게 부모님은 그 어떤 말로도 형언할 수 없는 존재입니다. 은혜를 갚으려면 평생 갚아도 못 갚을 것입니다. 아버지는 이 땅에 없지만 항상 제 마음 속에 계십니다. 자랑스러운 아버지로 남아 있습니다. 그런 아버지에게 이런 말을 해드리고 싶습니다.

"아버지, 아직 어머니에게 잘 해드리지 못하고 있지만, 앞으로 더 잘 할게요."

부모님께 지면으로나마 말씀드리고 싶습니다.

"사랑합니다!"

"감사합니다!"

마음 장애인은
아닙니다

42

나를 바라보는
사람들의 시선

"쟤, 왜 저렇게 걸어?"

"저 아저씨, 걷는 게 이상해."

"말을 잘 못하네, 저 아저씨."

어릴 때도 지금도 늘 듣는 말입니다. 측은하게 바라보는 시선도 있고, 이상한 동물 쳐다보듯 하는 시선도 있습니다. 장애인이 동물원에 있는 동물은 아니지 않은가요? 그런 눈으로 바라보지 않았으면 합니다. 지금까지 만나는 죽마고 우들은 저를 장애인으로 대하지 않습니다. 자신들과 똑같은 인간으로 대우해줍니다.

사람들의 시선이 두렵습니다. 길을 걷다가 뒷골이 싸늘 해질 때가 있습니다.

'뒤따라오는 사람이 내 모습을 흉내내지나 않을까?'

이런 생각이 머릿속을 감쌉니다. 동네 아이들이 제 걸음걸이를 따라하며 놀리면 어릴 때는 "따라하지 마" 하면서 고래고래 소리를 쳤습니다. 손가락질하는 친구들도 있었습니다. '나는 왜 장애인으로 태어나 이런 수모를 받지?' 하는 생각이 들었습니다.

학교에서 친하게 대해주던 친구들도 동네에서 다른 아이들과 어울리면 다 같이 저를 괴롭히는 경우도 있었습니다. 간혹 부모님이 그 친구들을 혼내주었지만 그때만 반성할 뿐이었습니다. 차츰 학년이 올라가면서 손가락질하던 친구들도 저의 장애를 이해하는 쪽으로 바뀌어 갔습니다.

지하철이나 버스를 자주 이용합니다. 지하철이나 버스에는 '노약자석'이 있습니다. 그 자리에 자주 앉지 않으려고 합니다. 당연히 앉아도 되는 자리이지만 저보다 장애가 심한 장애인이나 노인 분들을 위해 양보를 많이 해주는 편입니다.

몇 년 전에 있었던 일입니다. 그날 너무 피곤해서 노약자석에 앉아 가는 중이었습니다. 눈을 감고 있었습니다. 갑자기 싸늘한 느낌이 들었습니다. 눈을 뜨고 앞을 보니 할아버지 한 분이 저를 바라보고 계셨습니다. 할아버지는 혀를 끌끌 차며 이렇게 내뱉었습니다.

"요새 젊은것들은 자리 양보할 줄을 몰라!"

마음 장애인은
아닙니다

'정당한 자리에 앉았는데 왜 저런 소리를 들어야 하지?'
하는 생각이 들었습니다. 내릴 때가 되었습니다. 자리에서
일어섰습니다. 제 모습을 보던 할아버지가 얼굴이 빨개지며
말했습니다.

"아니, 장애인이었네."

장애인을 볼 때 겉으로 드러나는 모습만 보면 이런 상
황이 생깁니다. 그 후로 당연하게 앉을 수 있는 자리를 일부
러 피하는 버릇이 생겼습니다. 앉고 싶지만 참고 지나가는
때가 많습니다. 언젠가부터 이런 생각이 들었습니다. 맞는
생각인지 모르지만 말입니다.

"나보다 장애가 심한 이들이 앉게 배려하자."

그럼에도 불구하고 장애인을 바라보는 이런 인식은 바
뀌어야 합니다. 장애인들이 정당한 자리에 정당하게 앉았으
면 싶습니다. 모든 사람이 배려하는 마음을 몸에 지니고 다
녔으면 좋겠습니다.

어릴 때부터 장애인을 대하는 이런 잘못된 시선을 받으
며 지내왔습니다. 그 시선은 여전히 저를 두렵게 합니다.

교육은 가정에서부터 이루어져야 한다고 생각합니다.
제가 마지막으로 일한 곳은 마포장애인자립센터였습니다.

센터 소장님에게서 들은 이야기를 하나 소개하겠습니다.

소장님은 휠체어 장애인이었습니다. 지하철역에 가면 장애인 편의시설이 있습니다. 엘리베이터도 있지만 리프트도 있습니다. 하루는 소장님이 리프트를 타고 내려가고 있었습니다. 그 옆에는 어린 꼬마가 엄마와 내려가고 있었습니다. 꼬마가 리프트를 타고 내려가는 소장을 보고 엄마에게 물었습니다.

"엄마, 저 아저씨는 왜 저걸 타고 내려가?"

그러자 엄마가 대답했습니다.

"음, 아파서 그러는 거야!"

아이 엄마의 답변은 소장을 화나게 만들었습니다.

"이보세요, 아주머니. 저는 아픈 것이 아니라 불편한 것입니다. 그래서 리프트를 타고 내려가는 것입니다."

장애는 아픈 것인가요, 불편한 것인가요? 장애는 아픈 것이 아닙니다. 불편할 뿐입니다. 장애인은 몸이 불편할 뿐 마음은 정상인 사람입니다.

지금도 길을 걷다 보면 아이들이 뚫어지게 쳐다봅니다. 다르게 걸으니까, 다르게 말을 하니까 쳐다보는 것입니다. 어리니까 그렇겠지 하고 그냥 지나칩니다. 가정에서도 장애 인권교육이 이루어져야 하지 않을까요?

마음 장애인은
아닙니다

46

저를 바라보는 시선은 어릴 때나 지금이나 별로 변하지 않았습니다. 장애인을 바라보는 우리 대한민국 사람들의 시선은 많이 부족합니다. 사람들의 시선을 두려워하는 장애인이 많습니다. 물론 장애인들도 두려운 마음을 떨쳐버리려고 노력합니다.

제 모습을 쳐다보는 시선이 평범하지 않을 때는 가끔 그런 분에게 다가가 자세히 설명을 하는 편입니다. 생활 속에서 장애인식개선교육을 하고 있습니다. 장애인들을 차별하지 않고 차이를 존중해준다면 더 나은 세상을 만들 수 있을 것입니다.

시선을
두려워하지 말자

자신의 장애를 소재로 개그를 하는 지인이 있습니다. 한국 최초의 장애인 코미디언 한기명입니다. 기명이는 이렇게 말합니다.

"피할 수 없다면 즐겨라. 저는 장애를 즐기고 있습니다."

장애를 즐기는 그와 그의 공연을 보면서 저 역시 다른 사람들의 시선을 피하지 말고 즐겨야겠다는 다짐을 했습니다. 그렇습니다. 장애를 즐기면 세상이 다르게 보인다는 것을 기명이의 코미디를 보면서 알았습니다. 기명이는 만날 때마다 용기와 웃음을 줍니다. 기명이를 보면서 충격을 받은 저는 차츰 장애를 즐기며 사는 방법을 찾기 시작했습니다.

남의 시선을 두려워하지 않기 위한 방법은 뭐가 있을까

요? 먼저 더 이상 스스로를 부끄러워하지 않는 것입니다. 부끄러워하지 않기로 마음먹으면 다른 사람들의 시선이 두렵지 않습니다. 맞습니다. 저조차 저를 부끄러워하는 마음이 있었습니다. 그런 마음이 다른 사람들의 시선에 두려움을 갖게 합니다. 두려운 마음에서 벗어나야 했습니다.

그렇습니다. 그동안 저 자신을 부끄러워했습니다. 그렇기에 장애를 가지고 태어난 것을 원망도 했습니다. 아버지가 걷는 연습을 도와주었을 때도 연습을 하면서 싫증이 났습니다. 아버지와의 연습이 순조로워진 것은 스스로 저의 장애를 인정하고 나서였습니다. 자신이 부끄러워지는 순간 남의 시선을 두려워하게 됩니다.

"아, 남들이 나를 바라보는 시선이 두려워. 나 자신이 너무나 부끄럽다."

이런 말을 자주 했습니다. 길을 지나갈 때 사람들의 시선이 온통 저를 향하고 있었습니다. 그 시선이 너무나 무서웠습니다. 너무 싫었습니다. 그 자리를 빨리 피하고 싶은 마음뿐이었습니다.

아버지와 걷기 연습할 때 있었던 일입니다. 하루는 연습하는 도중에 걸음을 멈추고 말았습니다. 지나가는 동네 사람들의 시선이 온통 저를 향해 있었던 것입니다. 그들의 시선을 피했습니다. 두려웠습니다. 얼굴을 아래로 향했습니다. 그 모습을 본 아버지는 이렇게 말했습니다.

"진행아, 고개 들어. 당당해라. 그리고 의식하지 말고 걸어!"

아버지의 말씀에도 한동안 고개를 들지 못했습니다. 아버지는 계속 격려해주었습니다.

"이진행, 고개 들어!"

아버지의 말이 들린 것은 한참이 지난 뒤였습니다. 그 순간, 고개를 들고 당당히 걸었습니다. 아버지의 말이 큰 힘이 되었습니다. 그 일이 있은 다음 아버지는 저를 자랑스러워하고 칭찬하기 시작했습니다.

'진행아, 너는 강한 사람이야! 장애로 인해 기죽지 말자. 부끄러워하지 말자!'

이런 말로 저는 스스로를 무장시켰습니다. 그리고 더 이상 부끄러워하지 않았습니다. 어떤 생각을 하느냐가 그 사람을 결정한다고 합니다. 자신이 부끄러워질 때에는 긍정적인 말로 스스로에게 힘을 주는 것이 좋은 방법입니다.

너무 위축되지 않는 것도 남의 시선을 두려워하지 않는 길입니다. 한 가지 일이 생각납니다. 사회복지법인 해든에서 일할 때였습니다. 당시 일이 서툴렀습니다. 조그만 실수에도 위축되었습니다. 국장에게 결재를 받으러 가면 꼭 한소리씩 들었습니다.

"진행씨는 이런 간단한 것도 못해요?"

국장의 이 한마디에 위축된 기억이 납니다. 위축된 내 모습을 보면서 국장을 비롯한 동료들이 한마디씩 하였습니다.

"상사의 말 한마디에 너무 위축되지 마세요."

"당당하세요. 왜 못하는지 말을 하세요."

"말을 할 때에는 당당하게 사람의 얼굴을 보고 말하세요. 그래야 당당할 수 있어요."

그런 말이 정말 위로가 되었습니다. 상사에게 혼나면 아래를 보는 습관이 있었습니다. 그 일 이후 저는 당당히 말을 했습니다. 맞습니다. 언제나 당당하게 걷고, 말할 때에도 당당히 말하는 것이 필요합니다.

저를 자랑스러워하고 두려워하지 않는 마음을 갖게 되면서 더 이상 장애를 부끄러워하지 않게 되었습니다. 스스로의 자존감을 세울 수 있었습니다.

다른 사람들 앞에서 발표하거나 강의할 때는 있는 그대로의 모습을 보여주면서 해야 합니다. 사람들의 시선을 두려워하기 시작하면 말하는 게 뒤틀어집니다. 최근에 대중 앞에

설 기회가 종종 있었습니다. 그때마다 당당히 하고 싶은 말을 했습니다. 자신의 의사를 상대방에게 주저 없이 말해야 남의 시선이 두려워지지 않습니다.

어른이 되면서 이런 생각을 했습니다.
'너무 내 장애만 바라보고 살아오지 않았나?'
'너무 다른 사람들의 시선을 응시하며 살아오지 않았나?'
언제부터인가 남의 시선에 그다지 신경을 쓰지 않게 되었습니다. 오로지 제 자신에게만 집중하기로 했습니다. 쳐다보건, 따라하건 신경쓰지 않고 온전히 스스로에게 집중하면 남의 시선 따위는 두렵지 않습니다. 이제는 저를 바라보는 시선을 두려워하지 않게 되었습니다. 언제나 당당히 걸어 다니는 제 모습을 발견합니다.

장애를 두려워하지 않고 항상 즐기며 살려고 합니다. 장애를 두려워하지 않고 비장애인과 동등하게 살아가려고 노력합니다. 다른 이의 시선을 두려워하는 순간 지는 것입니다. 두려움 없는 시선을 가지려면 당당함과 솔직함이 필요합니다.

앞에서 말한 기명이는 매일 도전하는 삶을 삽니다. 비장애인을 두려워하지 않고 당당하게 나아가는 기명이를 보며 감동을 받습니다. 나이는 어리지만 기명이의 삶의 자세를 배우려고 합니다.

사람들의 시선을 두려워하지 않고 기명이처럼 장애를 즐기며 살 것입니다. 앞으로 더욱 도전하며 세상을 살 것입니다. 도전하는 삶을 살면 장애로 인한 두려움에서 완전히 벗어날 것이라고 믿습니다. 더 이상 사람들의 시선에서 벗어나려 하거나 두려워하지 않기로 스스로에게 약속했습니다.

삶을 살아가는 데는 많은 장애물이 있습니다. 그런 장애물을 두려워하면 좌절하게 됩니다. 고난과 역경을 두려워하지 않고 당당히 살아가는 제 자신의 모습을 상상해봅니다. 삶의 장애를 당당히 정면 돌파하는 모습을 보여줄 것입니다.

2
——
장애를 가진 자

나는
왜 태어났는가

저는 장애인으로 태어났습니다. 장애인으로 태어난 것을 원망도 많이 했습니다.

'나는 왜 태어났는가?'

이 질문을 수도 없이 되물었습니다. 원망 섞인 마음은 질문의 답을 찾으며 서서히 사그라들었습니다.

저는 크리스천입니다. 매주 교회에 나가 하나님을 만나면서 장애인으로 태어나게 하신 데에는 분명한 목적이 있을 거라는 것을 알았습니다. 저에 대한 하나님의 목적은 이것이라는 것을 성경을 읽으면서 알아나갔습니다.

"몸에 장애를 입고 태어났지만 비장애인에게 마음만은 장애가 아님을 알리기 위한 것이다."

장애를
가진 자

요즈음 마음에 장애를 가지고 사는 이들이 많습니다. 사람들과의 관계가 불편해 마음에 상처를 입고, 회사나 가정에서 상처를 입어 마음에 장애를 가지게 됩니다. 그들을 보면서 안타까울 때가 있습니다. 저 또한 몸에 장애를 가지고 있고, 때로는 좌절하기도 합니다. 하지만 '나는 마음에는 장애가 없어'라는 생각으로 마음을 다잡으며 용기를 내곤 합니다. 마음으로 고통 받는 그들에게 희망을 주고 싶습니다.

주위 사람들이 제게 이런 말을 자주 합니다.

"항상 웃으며 다니니 너무 좋아요. 밝은 모습이 자극이 됩니다."

그럴 때면 힘이 납니다. 지인들에게 긍정적인 마음과 감사하는 마음으로 사는 모습을 행동으로 보여 주려고 합니다. 또 그렇게 살려고 노력합니다.

몇 년 전에 수요일마다 모임을 갖는 북포럼에서 15분간 제 이야기를 했습니다. 사회자가 "뭐가 제일 감사하세요?"라고 물었습니다. "살아 있는 것이 감사합니다"라고 말한 기억이 납니다. 장애를 가지고 태어나 살아 있음에 감사했습니다. 장애를 가지고 태어난 것이 감사할 일인가요? 그리고 살아 있음에 감사하다니요? 의문스러울 것입니다.

마음 장애인은
아닙니다

물론 장애인으로 태어난 것이 싫었습니다. 고통스러웠습니다. 이루 표현할 수 없을 만큼 많은 따돌림을 당했습니다. 장애를 가진 사람이라고 비하하는 심한 말도 들었습니다.

하지만 저는 마음만은 비장애인 못지 않습니다. 많은 이들이 저의 긍정적인 자세에 감탄을 합니다. 장애를 가졌는데 뭐가 그리 좋으냐는 말을 합니다. 그들은 저의 신체적인 장애를 말하는 것입니다. 신체적인 장애는 아무 문제가 안됩니다. 비록 장롱면허이지만 운전면허증도 가지고 있습니다. 물론 운전면허증을 따기 위해 연습을 많이 했습니다. 필기시험은 한 번에 붙었습니다. 기능시험은 한 번만에, 도로주행은 두 번만에 붙었습니다. 신체장애를 가졌다고 아무것도 못하는 인간으로 보지 않았으면 좋겠습니다.

장애인으로 태어나 45년 동안 살아왔습니다. 살면서 많은 사람들에게 긍정적인 영향을 끼쳤습니다. 제가 살아가는 모습을 통해 용기를 얻고 새로운 삶을 사는 사람도 있습니다. 저는 장애인으로 태어났지만 항상 도전합니다. 안된다고 결코 포기하지 않습니다. 이런 모습을 비장애인이 보고 힘을 얻는다면 그보다 더한 감동이 없을 것입니다. 이 또한 제가 태어난 이유 아니겠습니까?

뒤에서도 말하겠지만 몇 년 전에 MBC 공익광고를 촬영했습니다. 그 광고를 보고 어느 날 한 분이 전화를 걸어왔습니다. 페이스북에 공개된 핸드폰 번호 보고 전화했다고 합니다. 광고 내용은 '나눔'에 대한 것이었습니다. 전화하신 분은 열심히 살아가는 제 모습에 감동해서이기도 하지만, 나누며 살고 싶어서였습니다. 열심히 사는 장애인을 보면 왜 살아야 하는지 알 수 있을 것입니다. 장애를 가진 이들도 열심히 사는데, 아무런 장애가 없는 비장애인이 열심히 살지 못할 이유가 없는 것이지요.

또한 제가 태어난 이유는 비록 몸은 불편하더라도 제가 가진 것을 나누기 위해서입니다. 물질이 아니어도 제가 가진 지식과 열정을 나눌 수 있습니다. 그것이 제가 성장하는 길이자 태어난 이유라고 생각합니다.

요즘은 나가는 빈도가 줄었지만 자주 나간 모임에 '라나쇼(라잇나우쇼)'가 있습니다. 그 모임은 라면을 기부해 쪽방촌에 나눠주는 활동을 합니다. 라나쇼는 제게 많은 동기부여를 주는 모임입니다. 이 모임을 통해 인연이 닿은 분들의 감사 인터뷰를 모아 지난해 책을 냈습니다. 이런 감사 인터뷰와 책을 통해 감사 열정을 나눠주고 있습니다. 저는 항상 감사하며 살고 있습니다.

저는 항상 웃으며 돌아다닙니다. 장애를 입고 있어도 웃으며 돌아다닙니다. 저를 만나는 사람은 무슨 좋은 일이나 있는 줄 알 것입니다. 웃으며 사는 세상을 만드는 것이 앞으로 제가 할 일입니다. 비록 장애인으로 태어났어도 웃으면서 긍정적인 삶을 살라는 것이 제가 태어난 이유입니다.

제가 웃으며 다니는데 도움을 준 형이 있습니다. 그 형은 이 세상에 없습니다. 암으로 천국 여행을 떠났습니다. 그 형의 이름은 '남원석'입니다. 그 형은 암 투병 중에도 선교단체 간사활동을 하며 웃으며 지냈습니다. 어느 날 형에게 물었습니다.

"형, 형은 몸이 아픈데도 자주 웃네."

"웃는 동안은 병을 잊을 수 있기 때문에 자주 웃는 거야."

그때 알았습니다. 암 투병 중인 형도 웃으면서 암을 이겨내려고 하는데, 저는 장애를 가지고 있다고 웃지 못했던 것입니다. 웃는 동안에는 장애를 지닌 저의 모습을 잊을 수 있었습니다.

저의 최종 목적은 무엇일까요? 제가 웃는 모습이 다른 이들에게 전달되어서 그들도 저처럼 밝고 활기차게 살게 하려는 것입니다. 그런 목적을 위해 매일 아침 거울을 보면서 한바탕 웃고 하루를 시작합니다.

장애를
가진 자

"웃자! 웃자! 웃자!"

이렇게 세 번 외친 후에 마음껏 목청껏 웃습니다. 그러고 나면 마음이 편안해지고 속이 후련해집니다. 그날 무슨 좋은 일이 생길 것 같은 마음이 듭니다. 저 같은 사람도 웃으며 삽니다. 매일 웃으며 사는 세상을 만들어보지 않으시겠습니까?

마음의 병을 앓고 사는 이들이 많은 세상입니다. 감사할 이유도 찾지 못하고, 살아야 할 이유도 찾지 못합니다. 살아 있음에 감사하면서 하고 싶은 일을 하다 보면 마음의 병은 저절로 치유되지 않을까요? 마음에 장애를 입고 사는 이들보다 신체장애를 입고 사는 이들이 더 행복한 이유는 항상 도전하며 긍정적인 바이러스를 전파하기 때문입니다. 마음가짐이 중요한 것 같습니다. 마음가짐만 바꾸면 무슨 일이든 잘 되리라 믿습니다.

내가 할 수 있는 일은
무엇인가

부모님은 제가 자라서 뭘 하며 살 수 있을까 하는 고민으로 하루하루를 보내셨습니다.

'장애인으로 태어난 아들이 커서 밥벌이는 할 수 있을까?'

'무슨 일을 가르치면 잘할까?'

부모님의 걱정이 태산 같았겠지요. 아버지는 제게 가장 잘하는 일을 하라고 자주 말씀하셨습니다. 아버지 말씀대로 가장 잘하는 일을 찾으려고 노력했습니다. 생각에 생각을 거듭했지만 쉽게 찾지 못했습니다. 고등학교 시절 내내 어머니는 제게 말씀하셨습니다.

"진행아, 너 대학교 가지 말고 기술을 배워서 취업하렴."

저는 대학에 가고 싶은 마음이 강했습니다. 그래서 고집을 부려 대학에 진학했습니다. 중간에 휴학을 하면서 9년 동안 대학을 다녔습니다.

전공이 법학이라 사법시험을 보려고 학원에 등록하였습니다. 모의고사를 보면 점수가 안 나왔습니다. 결국은 접고 공무원시험으로 방향을 전환했습니다. 공무원시험도 수없이 불합격하였습니다. 공무원시험에 매번 떨어지면서 후회가 밀려왔습니다.

'어머니 말씀대로 기술 하나쯤은 배워놓을 걸.'

하지만 앞으로도 기회는 많다고 생각합니다. 아직 배우려면 얼마든지 배울 수 있습니다. 잠시 이런 생각을 접어놓으려 합니다. 지금은 글을 쓰고 싶습니다. 그래서 매일 글을 쓰고 있습니다. 지금의 제 기쁨은 글쓰기입니다.

공무원시험에서 떨어진 다음 '과연 내가 할 수 있는 일이 무엇인가'를 많이 생각했습니다. 취업하기 위해 여러 회사에 이력서를 제출했습니다. 사무직 분야로만 지원했습니다. 그동안 장애인 복지 향상을 위해 일하는 회사에서 근무를 많이 했습니다.

'사회복지 해든'에서 근무할 때의 일입니다. 그 회사는 서울 도봉구, 노원구에 위치한 가게 출입문 앞에 휠체어 경사로를 설치해주는 사업을 했습니다. 더운 날에도 땀을 흘리면서 조사업무를 나갔습니다. 어떤 가게에서는 문전박대를 받았습니다. 문전박대를 당하면서도 밝은 얼굴로 인사했습니다. 웃는 얼굴에 장사 없다고 하지 않는가요? 저의 밝은 모습에 가게 주인은 마음을 열고 조사와 설치를 허락했습니다. 밝은 얼굴로 친근감을 주는 것이 제가 할 수 있는 일이라고 생각했습니다. 웃으며 시작하면 반은 성공한 것입니다.

일본어는 유창하지 않지만 대화가 가능한 수준입니다. 2016년 1월에 일본여행을 갔습니다. 가게에 들어가서 물건을 구입하려고 할 때였습니다. 일본 사람이 어눌한 제 말투를 알아들었습니다.

'내 일본어 말을 알아듣네. 와우, 내 일본어 실력이 현지에서 통하는구나.'

고등학교 제2외국어가 일본어였습니다. 일본어능력시험 3급 수준의 일본어를 알아들었습니다. 놀라웠습니다. 용기를 얻었습니다. 기본적인 수준이면 대화가 가능하다는 것을 알았습니다. 요즘도 틈틈이 일본어를 공부하는 중입니다. 언제 어떻게 쓰일지 모르니 미리 대비합니다.

저는 매일 일어나는 시간이 일정합니다. 매일 아침 6시면 무조건 기상합니다. 어머니는 평생 저를 깨워본 적이 없습니다. 누가 안 깨워도 일정한 시간에 일어납니다. 그래서 하루가 길다는 느낌을 매일 받습니다.

'아, 하루를 선물 받았으니 일찍 일어나서 보람되게 보내야지.'

이런 마음으로 매일 아침을 엽니다. 일찍 일어나는 습관은 건강에 좋습니다. 아무리 늦게 자더라도 일어나는 시간은 같습니다. 그래야 건강에 도움이 됩니다.

약속시간을 정하면 30분 전에는 도착해 기다립니다. 몇 년 전에 있었던 일이 계기가 되어 정해진 원칙입니다. 지인과 약속을 정해놓고 약속시간보다 1시간이나 늦었던 것입니다.

"약속시간을 안 지키시는군요. 약속은 신뢰입니다. 사업하시는 분이 약속을 안 지키면 사업은 힘듭니다."

그 지인은 이렇게 한마디 따끔한 충고의 말을 건넸습니다. 미안해서 계속 "죄송합니다"라는 말을 반복했습니다. 얼굴을 들 수가 없었습니다. 그날 다행스럽게도 대화는 잘 마쳤습니다. 그날 집으로 오면서 다짐을 했습니다.

'앞으로는 30분 전에 미리 도착해 있어야겠다.'

원칙을 정한 후로 스스로의 약속을 어긴 적이 없습니

다. 신뢰가 정답입니다. 이날 사건은 제게 귀한 깨달음을 주었습니다. 잘못된 행동으로 신용을 잃으면 다시 신뢰를 회복하기까지 참 어려움이 많을 것입니다. 무슨 일을 하든지 신뢰를 얻어야 합니다.

저는 한번 맡은 일은 끝까지 마무리합니다. 중간에 막히면 물어보면서 마무리합니다. 마포장애인자립생활센터를 그만둘 때의 일입니다. 몸이 안 좋아져서 그만두게 되었습니다. 제 건강 문제로 직장에 피해를 끼칠 수는 없었습니다. 그때 소장님께서 아쉬워하며 인사말을 건넸습니다.

"이진행 간사는 어디에 가도 일을 잘할 거야. 끝까지 책임지는 그 성격 때문에."

무슨 일을 맡든지 성실히 하는 것이 중요하지요. 최선을 다해 끝까지 마무리하는 자세가 필요합니다. 이때의 일을 계기로 '성실'을 생활지표로 삼고 있습니다.

나에게 장애란 무엇인가

45년 동안 장애를 가지고 살아왔습니다. 장애가 때로는 고난을 주고 때로는 축복도 주었습니다. 장애는 많은 것을 가르쳐주었습니다. 제게 장애란 무엇일까요?

첫째, 제게 장애는 인내입니다.

아버지는 제게 '인내'라는 무기를 장착해주셨습니다. 걷기 연습할 때 아버지가 자주 하신 말씀은 이것입니다.

"넘어져도 다시 일어나 계속 나아가라!"

걷기 연습은 너무나도 힘들었습니다. 다리에 묵직한 보조기를 차고 걷으려니 한 발 내딛는 것조차 버거웠습니다. 제가 걷다 넘어지면 처음 2~3번은 아버지께서 일으켜 세워주셨습니다. 세 번째 이후로는 반드시 혼자 일어나게 했습니다. 그런 과정을 통해 미약하게나마 걷게 되었습니다. 걷기 연습은 제게 '인내'라는 무기를 정착해준 고마운 연습이었습니다.

젓가락을 사용할 나이가 되자 아버지는 젓가락질을 가르쳐주었습니다. 포크는 과일을 찍어 먹을 때나 사용하게 했습니다. 젓가락을 집는 법도 배웠습니다. 지금도 완벽하지는 못합니다. 젓가락을 손에 쥘 수 있게 된 것만으로도 감사합니다.

연필 쥐는 법도 아버지는 가르쳤습니다. 연필을 쥔 손에 힘이 들어가지 않았습니다. 그래도 아버지는 손에 연필을 쥐도록 했습니다. 연필을 쥐는 방법대로 하려니 너무 어려웠습니다. 아버지는 "네 맘대로 한번 쥐어봐"라고 하셨습니다. 제 방식대로 연필을 쥐니 아버지는 "그래, 네 방식대로 쥐어도 좋으니 힘을 주어 쥐어봐!"라고 격려해주셨습니다.

아버지는 장애인으로 살아나갈 아들을 위해 미리 많은 것을 가르쳤던 것입니다. 혼자 살아나가야 할 아들을 위해 무기를 장착해주었던 것입니다. 완벽하지 않지만 젓가락도, 연필도 쥘 수 있게 되어서 너무 감사합니다.

아버지의 피나는 훈련법 덕분에 '인내'라는 무기를 장착하게 되었습니다. 아버지는 항상 이렇게 말씀하셨습니다.

"네 힘으로 인내하면서 해봐. 그러면 네가 살아가는 데 큰 도움이 될 거야."

아버지 말씀대로 저는 무슨 일을 하든지 끈기와 인내를 가지고 합니다. 제게 포기라는 것은 없습니다.

둘째. 제게 장애란 선물입니다.

'장애가 선물이 될 수 있을까?' 하고 의아해할 수 있겠습니다. 장애는 제게 선물입니다. 장애라는 선물을 받음으로써 장애는 신체적 장애일 뿐이지 마음만은 장애가 없다는 인식이 생겼습니다. 장애라는 선물은 세상을 다르게 바라보게 해 주었습니다.

장애라는 선물은 저를 움직이게 했습니다. 머물러 있게 하지 않고 움직이게 해주었습니다. 저는 하루종일 집에 틀어박혀 있지 않습니다. 거리를 돌아다니며 다양한 사람들을 관찰하곤 합니다. 장애라는 선물 덕분에 저보다 장애가 심한 장애인을 돌아보는 마음도 생겼습니다.

저는 힘들게 휠체어를 끌고 혼자 지나가는 장애인을 보

면 그냥 못 지나칩니다. 휠체어를 밀어주면 그 휠체어 장애인은 이렇게 말합니다.

"당신도 몸이 불편한데 이렇게 밀어주니 감사합니다."

이런 말을 들으면 힘이 납니다. 저보다 장애가 심한 이들에게 도움이 된다는 것이 더없는 선물로 다가왔습니다. 이만큼 걸을 수 있고, 말할 수 있게 된 것은 장애라는 선물을 다르게 바라보았기 때문입니다. 장애는 제게 정말 귀한 선물입니다.

작년에 중증장애인들이 모여 사는 복지단체에 가서 매달 자원봉사를 했습니다. 그 장애인은 먹을 것도 먹여주어야 먹을 수 있었습니다. 그들이 식사하는 것을 도와주었습니다. 그들보다 조금이라도 형편이 나아서 그런 행동을 한 것이 아닙니다. 장애가 선물이라는 생각을 하지 않았다면 그런 일을 할 엄두조차 내지 못했을 것입니다.

장애라는 선물은 제게 꿈을 심어주었습니다. 장애에도 불구하고 일을 하게 하고, 사업을 하게 했습니다. 제 꿈은 장애인, 비장애인의 구별이 없는 세상을 만드는 것입니다. 장애라는 선물이 이런 꿈을 갖게 했습니다. 이 세상 모든 사람들은 예비 장애인입니다. 언제 어떻게 장애인이 될지 모릅니다. 가수 강원래 씨도 자신이 그렇게 될 거라고는 생각하지

장애를
가진 자

않았을 것입니다. 사고가 나서 평생 휠체어를 타고 다녀야 한다는 의사의 말에 휠체어를 타지 않겠다고 했습니다. 그러던 그도 상황을 받아들이고 이제는 장애인들의 복지향상에 힘쓰고 있습니다. 그는 이렇게 말하면서 장애인의 사회참여에 대해 목소리를 높입니다.

"그럼에도 사는 게 행복하니 더 열심히 웃으려 한다."

과연 강원래 씨를 비롯하여 중도에 장애인이 된 사람들도 장애를 선물로 안식할 수 있을까요? 태어날 때부터 장애인인 저도 장애를 선물로 받아들이기까지 많은 시일이 걸렸습니다. 장애를 가졌다고 모든 것을 포기하지 않았으면 합니다. 장애를 선물로 바라보면 세상을 바라보는 생각이 달라지지 않을까요?

셋째, 제게 장애란 극복해야 할 산입니다.

본격적으로 산에 다니기 시작한 것은 3년 전부터입니다. 20대에도 산에 자주 다녔습니다. 관악산, 소백산, 지리산 노고단, 남한산성 등이 제가 오른 대표적인 산입니다. 산은 오를 때보다는 내려올 때가 중요합니다.

2017년에 발달장애인들과 소백산을 등산했습니다. 등산로는 장애인들이 다니기 좋았습니다. 몸에 장애가 있다고 중도에 포기하지 말고 극복해야겠다는 마음이 들었습니다. 마지막까지 등산을 잘 마쳤습니다. 동행한 지인들이 때로는 팔을 잡아주고 가방을 대신 메준 덕분에 완주할 수 있었습니다.

장애가 극복해야 할 산이 된 계기는 젊은 시절의 관악산 등산이었습니다. 우리 동네에는 관악산으로 통하는 등산로가 있습니다. 관악산을 자주 오르면서 이런 생각을 가지게 되었습니다.

'나에게 장애는 극복해야 할 산이다.'

이 생각은 삶을 살아가는 귀한 교훈이 되었습니다. 어렵고 힘들 때마다 어려움을 극복하는 마음가짐을 갖게 해주었습니다. 등산은 장애로 인한 고난을 이겨내는 좋은 경험이자 밑거름이 되었습니다.

우리가 살아가면서 넘어야 할 또 하나의 산은 다른 이들과의 관계입니다. 관계의 산을 극복하는 것입니다. 좋은 관계를 유지하지 못하고 사이가 나빠지면 관계를 회복하기까지 힘이 듭니다. 이것은 오르기 힘든 산입니다. 이 산을 잘 넘어야 좋은 관계가 유지됩니다.

가수 강원래 씨는 '극복'에 대해 다르게 말을 합니다. 장애는 극복의 대상이 아닌 수용과 인정의 대상이라고 말입니다. 이 말도 맞는 말입니다. 나는 다르게 생각합니다. 극복도 필요하고 수용과 인정도 필요합니다.

그렇습니다. 제게 장애는 인내이고, 선물이고, 극복해야 할 산입니다. 평생 짊어지고 가야 할 친구이기도 합니다. 장애는 아직도 많은 것을 주고 배우게 합니다. 정말 고마운 장애입니다.

장애로 인해 신체적인 장애를 많이 겪었습니다. 그때마다 인내하고 극복했습니다. 때로는 힘들었습니다. 넘어야 할 산이 많았습니다. 그 산을 넘고 넘어 이 자리까지 왔습니다. 험난한 길을 넘고 넘은 의지의 인간입니다.

나에게
인내란 무엇인가

'인내'는 성장요인이기도 합니다. 인내가 아니었다면 이날까지 버티지 못했을 것입니다. 무슨 일을 하든지 인내를 가지고 마지막까지 최선을 다했습니다. 그런 점에서 인내는 최선이라고 봅니다.

최선을 다하면 못할 일이 없습니다. 안된다고 주저앉아버리고 도전하지 않는다면 세상을 어찌 살아갈 수 있을까요? 살아오면서 많은 고통이 제 삶을 옭아맸습니다. 그래도 감사한 것은 크게 걱정하지 않고 기도하면서 기다리면 고난 당할 즈음에 해결이 되었다는 것입니다.

제게 인내란 마침내 이루어낼 승리라고 할 수 있습니다. 이때까지 많은 고통과 슬픔이 있었지만 그때마다 잘 견

장애를
가진 자

디어 승리를 이루어냈습니다. '내가 과연 할 수 있을까?' 하는 두려움이 엄습할 때마다 인내로 두려움을 이겨냈습니다.

처음 걷기 연습을 시작할 때에도 그랬습니다. '과연 걸을 수 있을까' 하는 두려움이 있었습니다. 아버지의 도움이 아니었다면 그 두려움에서 벗어나지 못했을 것입니다. 인내가 아니었다면 결코 걷지 못했을 것입니다. 아직도 휠체어를 타고 있을 것입니다.

등산을 시작했을 때도 먼저 엄습해온 것은 두려움이었습니다. 오르기 쉬운 산이라 할지라도 '과연 내가 등산을 마무리할 수 있을까' 하는 두려움에 용기를 내기 어려웠습니다. 하지만 인내를 통해 그 두려움을 이겨냈습니다. 지인들의 격려, 그리고 손을 잡아 주며 산행에 함께해준 그들의 도움이 있었기에 두려움을 떨쳐낼 수 있었습니다. 인내는 혼자서만 견디는 것이 아니라 함께 견디는 것이라는 깨달음을 얻었습니다.

닉 부이치치를 만나본 적은 없어도 존경하는 인물입니다. 닉 부이치치는 인내의 아이콘입니다. 그는 '장애는 불편할 뿐, 불가능은 없다'는 것을 보여준 인물입니다.

그렇습니다. 장애는 불편할 뿐, 불가능한 일은 없습니다. 닉 부이치치가 세계를 돌아다니며 여러 가지 일에 도전하는 모습을 보며 정말 '인내의 아이콘'임을 실감합니다.

그를 본받아 세계적인 강연가가 되는 것이 제 꿈입니다. 그날을 위해 매일 발음 연습 중입니다. 닉 부이치치를 보면서 제 미래를 상상해봅니다. 닉 부이치치와 같은 사람이 될 것입니다. 아니 넘어설 것입니다. 세계를 돌아다니면서 강연하는 제 모습을 상상하면서 매일 스스로를 단련하고 있습니다.

장애를 극복하는 것 또한 인내입니다. 저는 몸에 장애가 있을 뿐 마음에는 장애가 없습니다. 건강한 마음, 건강한 정신을 가지고 있습니다. 몸에 장애가 있다고 어릴 때 동네 아이들의 따돌림을 받아야 했습니다. 슬프고 억울했습니다. 이제는 관점이 달라졌습니다. 장애를 비하하는 소리를 들으면 큰 소리 내지 않고 제 몸의 상태를 차근차근 설명하며 장애를 이해시키려고 합니다. 무슨 일에든 인내가 필요한 것입니다.

인내는 다른 사람을 바라보는 제 눈을 바꿔주었습니다. 마음에 장애가 있는 이들도 인내가 필요합니다. 인내를 가지고 우울하고 부정적인 생각을 고쳐나가다 보면 언젠가는 마음 장애에서 벗어날 수 있을 것입니다. 장애인 중에는 삶을 비관해서 세상을 등지는 이들이 간혹 있습니다. 하지만 그들

장애를
가진 자

이 자신의 장애로 인해 죽지는 않습니다.

몇 년 전에 있었던 일입니다. 호흡기 장애인이 세상을 떠나는 일이 발생했습니다. 그 호흡기 장애인은 낮에는 활동보조와 함께 생활했습니다. 하지만 활동보조는 6시면 퇴근을 합니다. 호흡기 장애인은 가족이 귀가할 때까지 혼자 있어야 합니다. 혼자 있는 동안 그만 호흡기가 빠지고 말았습니다. 결국 그 호흡기 장애인은 유명을 달리했습니다. 안타까운 일이 발생한 것입니다. 그 장애인도 살아가려고 했을 것입니다. 죽고 싶어서 죽은 경우가 아닙니다. 정책에 문제가 있어서 발생한 사건입니다. 활동보조인들의 근무시간을 24시간 3교대로 했더라면 그런 안타까운 일은 일어나지 않았을 것입니다.

저는 어머니와 함께 살고 있습니다. 어머니가 천년만년 제 곁에 계시지는 않겠지요. 어머니는 종종 말씀하십니다.

"동생들이 널 책임질 수는 없다. 스스로 살아나갈 힘을 길러야 돼!"

언젠가 어머니는 제 곁을 떠나갈 것입니다. 원치 않더라도 독립해 혼자 살아갈 준비를 해야 합니다. 혼자 살아가려면 인내가 필요합니다. 인내는 지속력입니다. 삶을 지속할 힘을 형성해야 합니다.

주위에 혼자 사는 장애인이 많습니다. 일찍 독립해 인내하면서 살고 있습니다. 저도 그날을 대비해 필요한 인내를 길러야 합니다. 그날을 위해 준비해야 합니다. 밥 짓고 설거지 정도는 하지만 요리는 못합니다. 차츰 요리도 배우려고 합니다. 간단한 요리를 배워서 혼자 살아갈 때를 대비해야 합니다. 아름다운 반려자를 만나 가정도 이룰 것입니다. 아내와 같이 생활해야 하기에 남편으로서 해야 할 일은 미리 준비해야 합니다.

인내를 통해 어떤 열매를 주렁주렁 맺을지 기대됩니다. 그 기대를 마음에 품고 매일매일을 즐겁게 살려고 합니다. 가다가 넘어져도 일어나 인내하며 앞으로 달려갈 것입니다. 제게 인내는 우리가 매일 입고 다니는 옷과 같은 존재입니다. 달콤한 열매를 얻기 위해 '이까짓 장애는 아무것도 아니야!' 하는 마음으로 살아갈 것입니다.

장애를
가진 자

불합격과
12년의 끈기

"진행아, 방송대에 지원서 넣어보지 않을래?"

담임선생님께서 연락을 주셨습니다. 수능시험에 떨어진 후 집에 머물고 있던 고3 겨울방학 때의 일입니다. 대학진학을 원하면 방송통신대학교에 원서를 넣어보자는 전화였습니다. 저는 망설임 없이 그러겠다고 했습니다.

부모님과 진학 문제로 매일 대화를 나누던 참이었습니다. 부모님과 저는 의견이 갈렸습니다. 부모님은 직업학교에 진학해 기술을 배우기를 원했습니다. 하지만 저는 대학진학을 고집했습니다. 담임선생님의 전화는 오아시스와도 같았습니다.

부모님께는 죄송했지만 다음날 담임선생님을 만나 방송대에 원서를 제출했습니다. 법학과와 불문과에 지원했습니다. 법학과에 합격했습니다. 입학 후 매일 학교에 갔습니다. 방송대는 방송으로 강의를 합니다. 그래서 낮에는 학교 도서관에서 학과공부를 했습니다.

낮에 도서관에서 공부하면 좋은 점이 있습니다. 공부하다가 모르는 게 나오면 도서관 옆에 있는 교수연구실에 가서 교수님께 물어볼 수 있다는 것입니다. 교수님께 많이 물어보러 갔습니다.

간혹 도서관에서 공부하는 법학과 동기끼리 한데 모여 토론하는 시간을 갖기도 했습니다. 그룹 토론은 공부에 큰 도움이 되었습니다. 같은 주제에 대한 서로 다른 생각을 들을 수 있었기 때문입니다. 법학은 판례를 공부해야 합니다. 판례집을 보면서 '만약 내가 판결을 내렸다면 이렇게 했을 텐데' 하면서 판례를 뒤집어보기도 했습니다.

저는 95학번입니다. 같은 과에 나이가 같은 친구는 한 명밖에 없었습니다. 다른 학우들은 나이가 많았습니다. 동갑인 친구와 학교에서 자주 만났습니다. 그 친구는 낮에는 회사를 다녔습니다. 회사를 마치고 학교로 공부하러 오면 만났습니다. 방송대는 출석수업 외에 별도의 수업이 없습니다. 다른 학우를 볼 수 있는 유일한 시간은 출석수업과 5일간의 보충수업뿐이었습니다.

장애를
가진 자

대학을 다니면서 낮에 일할 직장이 필요했습니다. 당시 다니던 교회의 청년부 동료들과 함께 한 달에 한 번 장애인 단체에 봉사를 나갔습니다. 그 단체 원장님의 지인을 통해 영등포에 위치한 '청림재활복지원'을 소개받았습니다. 아르바이트로 사무보조를 보는 일이었습니다. 낮에는 거기서 일하고 밤에는 학교 도서관에 가서 공부했습니다.

그곳에서 9년 동안 일하며 학교를 다녔습니다. 회사에서 편의를 봐주지 않았다면 졸업은 아마 꿈도 못 꾸었을 것입니다. 중간에 휴학도 몇 번을 했는지 모릅니다. 입학은 쉬워도 졸업은 어려운 대학이 방송통신대학교입니다. 2008년 여름에 마침내 졸업하였습니다.

대학 4학년 때 사법시험을 보려고 고시학원에 다녔습니다. 6개월 동안 학원을 다녔습니다. 모의고사를 봤는데 좋은 점수가 나오지 않았습니다. 그래서 사법시험을 내려놓게됩니다.

그 무렵 고등학교 2학년 때 담임선생님으로부터 한 통의 전화를 받았습니다. 가양동에 위치한 '기쁜우리복지관'에서 공무원시험 준비반 과정을 모집하고 있다는 내용이었습니다. 자세히 알아보고 공무원시험을 준비해보는 게 어떠냐는 선생님의 말씀에 공무원시험 응시로 선회하였습니다. 복지관에서 개설한 공무원반에 등록하고 매일 가양동까지 다녔습니다.

모의고사를 보면 점수가 잘 나왔습니다. 그런데 실전에서는 좋은 점수가 나오지 않았습니다. 번번이 떨어졌습니다. 복지관에서 근무한 선생님을 나중에 만나 이야기를 나누는 중에 알게 된 사실이 있습니다. 당시 OMR 답안 마킹이 문제였습니다. 그래서 수험생 대신 복지관에서 OMR 대리마킹을 할 수 있게 해달라고 행정안전부에 건의했다고 합니다. 그 건의는 받아들여졌습니다. 하지만 제가 공무원시험을 접은 후였습니다.

공무원시험을 접고 취업준비를 했습니다. 여러 회사에 다녔습니다. 대학을 졸업한 2008년에는 분당에 위치한 전자부품연구원에서 일하였습니다. 연구원을 다니면서 졸업논문을 준비했습니다. 졸업논문이 통과되었습니다. 논문합격은 제게 큰 기쁨이었습니다. 졸업하기 어려운 방송통신대학을 12년 만에 졸업했다고 하면 누구나 대단하다고 할 것입니다. 중도에 학업을 포기한 동창들이 부지기수입니다. 언젠가 소식이 끊기면 학교를 그만둔 것이었습니다. 저도 흔들릴 때가 없지 않았습니다. 그럴 때마다 이렇게 마음을 추슬렀습니다.

'학업만은 포기하지 말자. 끝까지 해서 졸업하자.'

　함께 입학한 한 학우는 법학과를 졸업한 후에 다른 과로 편입해 학위 7개를 가지고 있습니다. 사실은 저도 졸업하고 다른 과에 편입하고 싶은 마음이 있었습니다. 12년 만에 졸업했는데 또 편입하겠다는 말을 부모님께 차마 할 수가 없었습니다.

　12년 동안이나 대학을 다녔습니다. 매일 도서관에서 공부하며 헌법을 통째로 암기했습니다. 1학년은 테이프로 강의를 듣습니다. 학교를 왔다 갔다 하면서 워크맨으로 테이프를 들었습니다.

　법학은 공부를 하면 할수록 배울 것이 많았습니다. 항상 법전을 들고 다니면서 수시로 읽었습니다. 장애인으로 태어나서 그런지 인권 조문에 관심이 갔습니다. 헌법에는 인간다운 생활을 할 권리와 개인의 존엄과 평등을 명시하고 있습니다.

　'과연 장애인인 나는 인간다운 생활과 처우를 받고 있는가?'

　'나는 존엄과 평등을 보장받고 있는가?'

　대학생활 내내 법학을 공부하면서 스스로에게 물었던 질문입니다. 이 나라를 비판하는 것이 아닙니다. 헌법에 보장된 권리들을 앞으로 어떻게 지켜낼 수 있을지 매일 생각했습니다. 질문의 답을 계속 찾고 있는 중입니다. 어떻게 해야 장애인의 인권이 보장되고 장애인이 인간다운 생활을 누릴 수 있을까요?

공무원시험에서 수도 없이 불합격을 했습니다. 대학교도 12년 만에 졸업했습니다. 포기하고 싶은 마음, 지친 마음도 있었습니다. 뒤돌아보니 그래도 잘 견뎌왔습니다.

공무원시험에서 숱하게 불합격한 것을 결코 후회하지 않습니다. 만약에 합격했더라도 지금까지 공무원 생활을 하고 있을지 의문입니다. 일을 맡으면 끝까지 마무리하는 기질 때문에 아직 공무원을 하고 있을 테지만 미련은 없습니다.

공무원시험 불합격과 12년 만의 졸업은 인내란 마지막 종착역까지 달려가는 과정이라는 깨달음을 새로이 해주었습니다.

장애를
가진 자

비정규직 순환

　대학에 입학한 지 몇 개월 후부터 직장생활을 시작했습니다. 모두 비정규직이었습니다. 비정규직 인생을 살아왔습니다. 근무연수는 보통 2~3년이었습니다. 2~3년에 한 번씩 회사를 옮겨 다녔습니다.

　첫 직장은 장애인 복지사업을 하는 '청림재활복지원'이었습니다. 단순업무를 맡아 했습니다. 장애인과 비장애인 직원이 함께 일했습니다. 직원들이 나무에 글을 새겨 작품을 만들었습니다. 컴퓨터로 작업한 글씨를 프린트 출력한 다음 나무에 붙여 조각했습니다. 저는 컴퓨터 작업을 종종 거들었습니다. 은행업무도 보고, 우체국에 가서 물건 보내는 일도 맡아 했습니다. 1997년의 외환위기 여파로 직원들을 축소했습니다. 하지만 회장님은 저를 계속 데리고 있었습니다.

복지원에서는 민속놀이기구를 현대식으로 만들어 판매하는 사업도 했습니다. 저는 복지원에 다니면서 청소년 선교단체에서 지도자 훈련을 받았습니다. 지도자 훈련을 받으면서 알게 된 분이 있습니다. 분당에 위치한 전자부품연구원 김춘호 원장님입니다. 민속놀이기구는 초등학교 학생들에게는 교육용으로, 연구원이나 정부기관에는 직원들 오락용으로 판매했습니다. 원장님과 미리 약속을 정한 뒤 찾아갔습니다. 민속놀이기구 팸플릿을 내놓고 설명드렸습니다. 설명을 듣고 난 원장님이 '진행아' 하고 부르며 말했습니다.

"진행아, 너 이것 말고 연구원에 입사해서 일해라!"

그러면서 그 자리에서 총무인사실장을 호출하였습니다. 원장님은 잠시 후 달려온 총무인사실장에게 지시했습니다.

"이 사람 이력서 받아 일하게 하세요!"

한 달 후인 2005년 7월 1일부터 전자부품연구원 총무인사실에서 일하게 되었습니다. 복지원 회장님께는 양해의 말씀을 드렸습니다. 직원 인사카드 관리와 출장관리업무를 맡았습니다. 출근한 저를 보고 원장님이 어깨를 두드리며 말했습니다.

"열심히 해봐!"

원장님의 격려 속에 열심히 일했습니다. 하지만 업무
실수가 잦았습니다. 부서 직원들은 저의 실수를 자기들이 수
습했습니다. 미안한 마음에 다시 하겠다고 해도 자기들이 하
겠다고 했습니다. 비정규직이라 계약기간이 있었습니다. 업
무상 실수만 없었다면 아직도 일하고 있을 것입니다. 계약기
간 만료 1년 전부터는 재무관리실로 옮겨 근무했습니다. 원
장님이 큰마음 먹고 취업시켜준 기회를 만회하지 못해 아쉬
움이 남습니다.

연구원 계약이 종료된 다음 취업하기 위해 여러 군데
이력서를 제출했습니다. 장애인고용공단에 가서 상담도 받
았습니다. 몇 개월 지난 후 서울 중구에 위치한 '사회복지법
인 너머'(나중에 '사회복지법인 해든'으로 회사명 변경)에
취업하였습니다. 해든에서 수습기간 동안 강도 높은 훈련을
받았습니다. 매일 업무일지를 써야 했습니다. 공문 쓰는 방
법, 수신문서 처리하는 방법 등을 배웠습니다.

저의 주된 업무는 가게 정문 앞에 휠체어 경사로를 설
치해주는 일이었습니다. 휠체어 경사로 사업은 서울시에서
지원받아 하는 사업이었습니다. 도봉구와 노원구 일대의 가
게를 돌며 설치 가능성을 조사하고 설치허가를 받았습니다.

조사를 나가면 문전박대를 당하기 일쑤였습니다. 잡상인으로 본 것입니다. 날씨가 더운 날에 현장조사를 나갔다가 땀이 범벅이 되어 사무실에 들어오기도 했습니다. 회사가 금천구 가산동으로 옮긴 후에는 구로구, 금천구 일대를 대상으로 업무를 보았습니다. 금천구에 살기 때문에 지나가다가 그때 휠체어 경사로를 설치한 가게를 간혹 만나게 됩니다. 그럴 때면 마음이 흐뭇합니다. 여기도 계약종료로 나오게 됩니다.

해든을 그만둔 다음 상암동에 위치한 한국해양수산개발원 해운정책연구실에 들어갔습니다. 그곳에서 11개월 동안 일했습니다. 연구보조 업무였습니다. 연구원이 연구중인 것을 수치작업해서 엑셀 파일로 만드는 작업을 하였습니다. 연구보고서에 제 이름이 들어간 것을 보고 기뻐하던 마음도 잠시, 여기도 계약종료로 그만두었습니다.

그 후 장애인취업알선기관의 도움으로 마포장애인자립생활센터에서 일하였습니다. 해든에서 근무할 때와 마찬가지로 주로 문서 업무를 담당하였습니다. 마포구 지역 장애인에게 장애인 관련정보를 제공하고, 클린휠체어 보장구를 청소 서비스하면서 많은 보람을 느꼈습니다. 보장구 청소 때마다 자원봉사자들이 와서 봉사해주었습니다.

장애를
가진 자

센터에서는 매년 8월말에 지역 장애인 집단동료상담 프로그램을 진행합니다. 동료간의 감정해방과 유대감 형성, 자기 신뢰회복의 기회를 제공하기 위한 2박 3일간의 합숙 프로그램입니다. 퇴직하기 직전에 이 사업을 맡아 진행했습니다. 많이 힘들었지만 보람 또한 컸습니다. 조별 모임에서 장애인끼리 도움을 주는 모습이 아름다웠습니다. 건강이 좋지 않아 2년 만에 센터를 그만두었습니다.

마포장애인자립생활센터를 그만둔 후 다른 직장을 알아보았습니다. 하지만 취업은 어려웠습니다. 이력서를 셀 수 없이 제출했습니다.

'뭐가 부족해서 이렇게 취업이 안되는 거지?'

이런 생각을 하면서도 계속 이력서를 보냈습니다. 돌아오는 답변은 '같이 일을 할 수 없을 것 같습니다' 하는 한결같은 소리였습니다. 역부족이었습니다. 고민을 거듭한 끝에 개인사업으로 전환하였습니다.

비정규직 인생이었습니다. 비정규직임에도 불구하고 포기하지 않고 계속 일해 왔습니다. 열심히 일했습니다. 회사 일이든 개인사업이든 일을 할 수 있으니 감사할 뿐입니다.

자취생활 3년

"하나, 둘, 하나, 둘, 앞으로 가!"

자취생활 3년 동안 아침마다 저를 깨워준 알람벨 소리입니다. 분당 제 자취방은 예비군 훈련장 뒤였습니다. 아침마다 구보하는 군인들의 우렁찬 소리에 잠에서 깼습니다. 서울 집에서 분당 연구원까지 출퇴근 시간이 4시간 소요되었습니다. 그래서 어머니가 마련해주신 자취방에서 3년을 보냈습니다.

매일 분당까지 출퇴근하는 제가 힘들어 보였나 봅니다. 그래서 어머니께서 연구원 근처에 자취방을 얻어준 것입니다. 저는 흔들리는 지하철 안에서 책을 보는 데 애로가있습니다. 더군다나 아침 출근길의 지하철은 책을 읽을 수있는 조건이 아니었습니다. 음악을 들으며 출퇴근할 수도

장애를
가진 자

있지만 음악을 듣다가 내려야 할 지하철역을 지나친 적이 많았습니다.

저는 아침에 일찍 일어납니다. 군인들의 구보소리에 일어나기도 했지만, 스스로 알아서 일어나는 날도 많았습니다. 아침에 일어나면 바로 무릎을 꿇고 말씀묵상으로 아침을 열었습니다. 아침묵상 후에는 아침식사 시간입니다. 반찬은 서울 집에서 가져왔습니다. 연구원까지 10분 거리였습니다. 아침에 여유가 많았습니다. 아침을 해결한 뒤에는 집 근처를 산책하면서 자유를 만끽했습니다. 자취방 근처의 공기는 신선하고 맑았습니다. 산책후에 옷을 챙겨 입고 연구원까지 천천히 걸어 출근하였습니다.

6시에 퇴근한 다음에는 자기계발 시간을 가졌습니다. 퇴근 후의 시간을 귀중하게 쓰고 싶었습니다. 연구원 업무에는 미숙했지만 최선을 다해 업무에 필요한 지식을 습득하려 했습니다. 엑셀, 아래아한글 같은 컴퓨터 프로그램을 영상을 보며 실습했습니다. 일주일에 2~3회는 퇴근 후에 헬스장에 가서 운동하였습니다. 연구원 안에 있는 헬스장을 다녔습니다.

퇴근하다가 화단을 정리하거나 계단 청소를 하고 있는

주인아저씨와 종종 마주치곤 했습니다. 주인댁은 4층 빌라 꼭대기층이었습니다. 주인아저씨는 인생살이에 도움될 만한 말씀을 많이 해주셨습니다.

"젊었을 때 돈을 많이 모아야 해."

아저씨의 말이 생각납니다. 아직도 거기 살고 있는지 모르겠습니다.

방 청소와 화장실 청소는 퇴근한 다음에 했습니다. 쾌적한 환경을 만들려고 노력했습니다. 세탁은 주 2~3회 했습니다. 빨래를 미처 못하거나 부피가 큰 빨래는 주말에 서울 집에 갈 때 가져갔습니다. 서울 집에는 주말마다 다녀왔습니다. 더러 바쁠 때는 거를 때도 있었습니다. 출석하는 교회가 서울 집 근처에 있었습니다. 그래서 거의 매주 다녀오는 편이었습니다.

자취하는 동안 매일 방이 깨끗했다고 할 수는 없습니다. 게으름을 피운 적도 있습니다. 때로는 어머니가 자취방에 와 며칠 계시곤 했습니다. 어머니는 바리바리 음식을 싸오셨습니다. 게으름 피우며 집을 청소하지 못해 어머니의 꾸중을 들은 적도 있습니다.

"진행아, 방이 이게 뭐야? 치우고 살아라."

꾸중을 하면서 어머니는 방 청소를 해주셨습니다. 청소

를 미처 하지 못했을 때는 어머니의 말씀이 귓가를 맴돌았습니다. 그래서 다시 걸레를 손에 쥐곤 했습니다.

어느 날 어머니가 자취방에 머물다 집으로 가시는 모습을 보며 저도 모르게 눈물을 주르르 흘렸습니다. 어머니의 축 처진 등이 그날따라 또렷이 눈에 들어왔습니다.

"나 때문에 어머니의 등이 축 처졌구나."

버스에 오르는 어머니를 배웅하고 돌아서서 하염없이 울었습니다. 어머니는 반찬만큼은 집에서 가져다 먹게 했습니다. 반찬값을 아껴 돈을 모으라는 뜻이었습니다. 그런데 경제관념이 부족한 저는 돈을 모으지 못했습니다. 정작 저는 월급을 받으면 책을 사는 데 돈을 다 써버렸습니다. 자취방은 온통 책으로 채워지다시피 하였습니다.

연구원 계약이 종료된 뒤에도 자취방에 몇 개월 더 머물렀습니다. 분당에서 일자리를 찾고 싶었습니다. 일할 곳을 찾아봤지만 찾지 못했습니다. 일을 하고 싶은데 기회는 주어지지 않았습니다. 속상해서 울음만 나왔습니다.

'뭐가 문제야? 나도 일을 할 수 있는데. 나도 비장애인 못지 않게 일할 수 있다고. 그런데 나의 장애만 눈에 들어온단 말이지.'

마음 장애인은
아닙니다

94

이런 생각이 머릿속을 맴돌았습니다. 결국 계약 종료 3개월 뒤에 서울 집으로 들어갔습니다.

3년간의 자취생활을 통해 자립심을 키울 수 있었습니다. 그때 몸에 밴 생활에 지금도 익숙해 있습니다. 얼마 전 분당에 갈 일이 있어서 조금 일찍 집을 나섰습니다. 연구원 근처의 자취방을 찾아갔습니다. 3년간의 추억이 영화처럼 머릿속을 지나갔습니다.

교회 중고등부 교사에
도전하다

"전도사님, 저 중고등부 교사 하고 싶어요."

교회에서 중고등부 교사를 해보겠다고 나선 것은 대단한 용기였습니다. 아마 제가 비장애인으로 태어났더라면 교단에 설 꿈을 품고 교대나 사범대학에 진학했을 것입니다. 장애인으로 태어나 포기한 교사를 교회에서 경험해보고 싶었습니다. 당시 전도사님으로 중고등부를 지도하고 있던 백민석 목사님은 제 말을 듣고 눈이 동그래졌습니다.

"아, 그래요? 그럼 일주일 동안 기도해본 후 말해드릴게요."

일주일 후 어떤 답변을 받았을까요?

"그래요. 우리 함께 해봅시다!"

뛸 듯이 기뻤습니다. 전도사님은 제게 중보기도팀을 맡

겼습니다.

　교사를 한다는 것만으로 기뻤습니다. 중보기도팀을 모집해 사역을 시작했습니다. 처음에는 학생들의 반응이 저조했습니다. 마음이 무거웠습니다. 하지만 포기하지 않고 몇 주 동안 혼자 기도했습니다. 차츰 한두 명씩 학생들이 동참해주었습니다. 너무 고마웠습니다. 다음해에는 고3 부담임을 맡았습니다. 맡은 반 아이들의 수가 10명이 넘었습니다. 아이들은 제가 자신들을 위해 열심히 기도해 줌에 감사했습니다. 깊은 정이 들어 아직까지 연락하며 지내는 제자들이 있습니다. 다음해 제자들이 청년부로 올라오면서 호칭은 차츰 '형, 오빠'로 바뀌었습니다. 지금도 가끔씩 전화를 걸어와 처음에는 '샘'이라고 하다가 통화를 마칠 때쯤에는 '형, 오빠'로 통화를 마칩니다.

　부담임만 6년을 맡다가 처음으로 담임을 맡아 운영한 반이 고2반입니다. 다음해부터는 고3만 계속 맡아 사역했습니다. 아이들을 만날 생각으로 일주일 동안 기도하며 공과준비를 열심히 했습니다. 주일에 아이들을 만나면 먼저 다가가 인사를 건넸습니다. 아이들은 처음에는 장애인 선생님을 의아해하며 쉽게 다가오지 못했습니다. 하지만 열심히 준비해 공과를 진행하고 어눌하지만 최선을 다해 전달하려는 열정에 차츰 마음을 열었습니다.

교사생활을 하면서 제자들에게서도 배워야 함을 알았습니다. 교사라고 아이들을 가르치려고만 하면 안되고 서로 배워야 함을 깨달았습니다. 교사생활을 하면서 하나의 수칙이 있었습니다. 아이들을 저의 시간 안에 가둬두지 말자는 것이었습니다. 아이들 시간에 맞추자는 것이 제가 정한 수칙이었습니다. 아이들은 주중에 제일 바쁩니다. 반모임을 하여도 아이들이 많이 모일 수 있는 시간을 정해 모임을 가졌습니다. 아이들의 이야기를 듣는 것만으로도 기뻤습니다.

중고등부 교사로 지내면서 청소년·청년 선교단체인 '유스미션'에서 지도자 훈련을 받았습니다. 5주 동안 훈련을 받았습니다. 수료식 때 최우수상을 받았습니다. 그 후 유스미션에서 사역해보고 싶어서 간사를 지원했습니다. 면접을 볼 때 면접을 주관하던 총무간사님이 물었습니다.

"무슨 이유로 간사 지원을 하셨나요?"

"이 땅의 청소년, 청년 들이 말씀으로 변화되는 모습을 보고 싶어서입니다."

저는 이렇게 대답했습니다.

유스미션 간사로 월요모임 지원 사역을 했습니다. 연구원에 다니면서 월요일마다 노량진 CTS(기독교 TV)로 가서 사역했습니다. 여름과 겨울에는 캠프를 진행했습니다. 본부에 있으면서 도움을 주었습니다. 유스미션에서 배운 것을 제가 맡고 있던 교회 중고등부 아이들에게 전달하려고 노력했습니다.

청출어람이라 했습니다. 저보다 더 믿음이 독실해진 제자를 보면 마음이 흐뭇해집니다. 지금은 교사를 쉬고 있습니다. 하지만 교사의 사명은 계속 이어나갈 것입니다. 서로가 믿음으로 성장해가는 좋은 세상을 만들고 싶습니다. 장애인으로 태어나 교사를 할 수 있었음에 감사합니다.

학교에 다니는 동안 소아마비 장애인 선생님은 본 적이 있습니다. 하지만 뇌병변 장애인 선생님은 보지 못했습니다. 학교에서는 선생님 역할을 하기 힘들겠지만 교회에서는 얼마든지 뇌병변 장애인도 교사를 할 수 있습니다.

10년 넘게 중고등부 교사로 지내면서 주일 오후 3시 예배시간을 얼마나 기다렸는지 모릅니다. 아이들과 함께하는 동안 마음에 기쁨이 흐르는 것을 느낄 수 있었습니다. 주중에 안 좋은 일이 있어 우울해하다가도 아이들을 보면 힘이 나 웃음꽃이 피었습니다. 교사생활을 하는 동안 가장 행복했습니다. 중고등부 교사 도전은 값진 선물이었습니다.

장애를
가진 자

3 — 몸이 아픈 건 현상일 뿐입니다

장애인 체전

정말 꿈만 같았습니다. 어릴 적에 휠체어에 의존하고 다리에 보조기를 차고 다니던 제가 전국장애인체육대회에 출전했습니다. 스스로도 믿기지 않을 정도였습니다.

1993년 고2때였습니다. 낮에는 학교에서 공부하고 종례를 마친 후 매일 운동장에 나가 연습했습니다. 비록 무관에 그쳤지만 장애인체전 출전은 새로운 도전이었습니다. 이때부터 도전을 즐기게 된 것 같습니다. 도전을 계속하게 되면 언젠가는 성장해 있을 거라는 기대를 갖게 되었습니다.

'그래 앞으로의 나의 삶은 도전하는 삶이 될 거야.'

장애인체전에 출전하려면 먼저 예선전에 나가야 했습

몸이 아픈 건
현상일 뿐입니다

니다. 예선전을 위해 매일 연습했습니다. 멀리뛰기와 창던지기에 출전했습니다. 예선전을 통과하였습니다. 예선을 통과한 다음 매일 하교 후 2~3시간씩 운동을 했습니다. 운동을 한다기보다 자신을 이기고 싶었습니다.

체전에 나가기 며칠 전에 신발과 유니폼을 받았습니다. 감개무량했습니다. 밤에 잠이 오지 않았습니다.

'아! 기쁘다! 내가 전국체전에 나가다니.'

유니폼을 잠자리 옆에 두고 잠을 잤습니다. 빨리 경기하는 날이 오기를 기다렸습니다.

운동을 시작할 때는 먼저 운동장을 20바퀴 돌았습니다. 처음부터 창을 잡고 던지지는 않았습니다. 창던지기는 먼저 폼 연습을 해야 했습니다. 선배는 제게 말했습니다.

"폼 연습을 열심히 해야 도구를 잡을 수 있어."

농구대에 고무 타이어를 매어놓고 창 던지는 연습을 했습니다. 익숙해질 때까지 했습니다. 폼 연습을 100번씩 해야 했습니다. 점점 팔이 아파 왔습니다. 신음소리를 내면서도 연습에 임했습니다. 인내가 필요했습니다.

'인내해야 해. 이것이 나를 이기는 길이야.'

폼이 익숙해진 다음 창을 잡을 수 있었습니다. 당시 저는 경기도 안산에 위치한 명혜학교라는 특수학교를 다니고 있었습니다. 기숙사 학교였습니다. 운동을 마친 후 기숙사 방에 들어가면 온 몸이 아팠습니다. 아픈 부위에 파스를 붙이기 전에 동료나 선배들이 근육을 풀어주었습니다. 그리고 파스를 붙이고 잠자리에 들었습니다. 다음날 학교에 가면 교실이 파스 냄새로 가득했습니다.

창던지기 폼을 고3 선배에게 배웠습니다. 선배는 스파르타식 훈련을 시켰습니다. 지금 생각하면 참 고마운 선배입니다. 그 선배는 한 해 전에 열린 바르셀로나 장애인 올림픽에 국가대표로 출전해 창던지기에서 금메달을 획득하였습니다. 그 선배가 금메달을 목에 걸고 학교에 등교한 날이 눈에 선합니다. 자랑스러웠습니다. 메달을 만져보았습니다. 참으로 신기했습니다. 그 선배를 보면서 저도 다음해에는 꼭 장애인체전에 나가리라 다짐했습니다.

장애인체전에 나가 다른 선수들의 경기를 보았습니다. 기량이 대단한 선수들이 많았습니다.

'저만한 결과를 내려면 얼마나 노력했을까?'

모두들 치열하게 연습했을 것입니다. 경기에 나가 창을 던졌는데 바로 앞에 떨어졌습니다. 긴장했던 것입니다. 도움닫기를 하며 던져야 하는데 그러질 못했습니다. 5미터도 못

던졌습니다. 연습 때는 잘 던졌는데 말입니다. 도움닫기를 하면 발이 꼬이는 탓에 한동안 도움닫기를 하지 않고 던지던 것이 습관이 되어 폼이 헝클어져버렸습니다. 멀리뛰기도 도움닫기 없이 출발선 앞에서 뛰었습니다. 넓이뛰기도 2미터를 못 뛰었습니다.

결국 노메달에 그치고 말았습니다. 경기를 마치고 귀한 깨달음을 얻었습니다.

'실패했다고 주저앉지 말자!'

'비록 메달을 획득하지 못했지만 인생에서만큼은 실패자가 되지 말자!'

연습이 부족했음을 인정하고 결과를 겸허히 받아들였습니다. 그리고 이를 거울삼아 인생에서만큼은 실패하지 않겠다고 다짐했습니다. 굴곡 많은 인생길에서 매번 승리만 있지는 않을 것입니다. 넘어지고 일어서고 하는 것이 인생입니다. 넘어질 때마다 이날의 교훈을 떠올립니다.

금메달의 영광

전국장애인체육대회에서는 메달을 획득하지 못했습니다. 전국체전 출전은 처음이자 마지막이 되었습니다. 전국체전 이후 경기도장애인체전에 나갔습니다. 경기 종목을 바꿔서 출전했습니다. 경기도장애인체전에는 원반과 투포환으로 출전했습니다. 전국체전에서 획득하지 못한 메달을 따고 싶었습니다. 체전 때보다 더 열심히 연습했습니다. 강도를 높였습니다.

원반과 투포환은 강도 높은 연습이 필요했습니다. 원반과 투포환도 폼 연습을 먼저 했습니다. 25일 동안 폼 연습을 했습니다. 그 후 원반과 투포환을 잡는 법부터 던지는 법까지 전국체전 때 저를 훈련시킨 선배에게서 배웠습니다. 강훈련을 받았습니다. 원반과 투포환을 세게 잡았습니다. 멀리뛰

몸이 아픈 건
현상일 뿐입니다

기와 창던지기는 몸에 통증이 그리 크지 않았습니다. 하지만 원반과 투포환은 연습 후의 통증이 장난이 아니었습니다. 기숙사 방에 들어가 손을 들여다보니 마디마디가 갈라져 있었습니다. 씻지도 못하고 바로 누웠습니다. 자리에 누운 다음에도 어깨통증으로 끙끙 앓았습니다.

신음소리가 고통스러웠습니다. 연고를 바르고 잠을 청했지만 통증 때문에 자다가 자주 잠에서 깼습니다. 그럼에도 불구하고 훈련에 훈련을 거듭했습니다. 다리와 어깨, 등은 물론 온 몸이 쑤셔서 파스를 바르고 잠자리에 들곤 했습니다.

원반과 투포환 각각 1kg짜리를 던졌습니다. 원반은 15미터도 나가고 그 이상도 나갔습니다. 투포환은 처음에는 들기가 버거웠습니다. 아무리 1kg이라도 초보에게는 너무 버거웠습니다. 투포환은 볼에 붙이고 스텝을 밟으며 던져야 합니다. 그런데 저는 스텝을 밟는 것이 힘들었습니다. 그래서 멀리뛰기, 창던지기 때와 마찬가지로 출발선 바로 앞에 가서 던졌습니다. 처음에는 5미터도 나가지 못했습니다. 마음이 아팠습니다. 잘하고 싶은 의욕만 강했습니다. 선배가 말했습니다.

"폼 연습을 더 해야겠다. 한 며칠 도구 잡지 말고 폼 연습을 더 하자!"

선배의 말에 따라 며칠 동안 폼 연습만 했습니다. 그런 다음 도구를 다시 잡았습니다. 인내력을 발휘하면서도 중간 중간 그만두고 싶은 마음이 꿈틀거렸습니다. '한번 해보자' 하는 마음으로 이겨낼 수 있었습니다. 한 단계 한 단계 밟아 나가야 함을 이때 배웠습니다. 전국체전 때는 하루에 2시간씩 연습했지만 경기도체전 때는 밤 시간까지 연습에 몰두했습니다.

드디어 경기도 장애인체전이 열리는 날이 되었습니다. 가슴이 뛰었습니다. 경기장에 도착할 때까지 뛰는 가슴이 멈추지 않았습니다. 너무 긴장한 탓이었습니다. 같이 간 선배들이 등을 두드려주었습니다. 선배들이 걱정스레 물었습니다.

"진행아, 오늘 경기할 수 있겠어?"

나는 대답했습니다.

"할 수 있어요."

감히 못하겠다는 말이 안 나왔습니다. 운동장에서 쓰러지더라도 출전해야 했습니다. 경기 일정은 오전과 오후에 각기 잡혀 있었습니다. 오전에 투원반, 오후에는 투포환이었습니다.

몸이 아픈 건
현상일 뿐입니다

투원반 경기시간이 다가와 경기장에 들어갔습니다. 다른 선수들의 면모를 살펴보았습니다. 가능성이 보였습니다. 차례가 되어 연습 때처럼 원반을 힘껏 던졌습니다. 던지고 나서 날아가는 원반을 바라볼 수가 없었습니다. 심판의 목소리가 들렸습니다.

"20미터 20센티미터!"

제가 마지막 차례였습니다. 앞 선수들보다 더 좋은 기록이 나왔습니다. 기뻐서 뛰어오르며 외쳤습니다.

"야호, 금메달이다!"

기뻤습니다. 가슴이 뛸 정도로 기뻤습니다. 오후에 열린 투포환 경기에서는 은메달을 획득했습니다.

투원반 금메달이 확정된 순간 나는 무릎을 꿇고 감사기도를 드렸습니다. 그날 밤 메달을 가슴에 품고 잠자리에 들었습니다. 잠이 안 왔습니다. 통증을 견뎌 내며 수확한 값진 메달입니다. 제게는 최고의 보물입니다.

그 순간을 잊을 수가 없습니다. 아직도 기억이 선명합니다. 금메달의 영광을 가슴에 고이 간직하고 있습니다. 무슨 일이든지 인내심을 갖고 끝까지 노력하면 이루어낼 수 있다는 값진 교훈을 상기시켜줍니다. 너무 고마운 금메달입니다.

매일 맛보는
작은 성공

매일 꾸준히 하는 것이 있습니다. 10분 운동, 발음 연습, 독서입니다. 그 속에서 매일 작은 성공을 맛보고 있습니다. 장애를 가지고 있다고 해서 아무 것도 하지 않으면 안되겠다는 생각에 시작했습니다. 매일 조금씩 하다 보면 무엇인가 이룬 것 같은 마음이 듭니다.

'그 어떤 것도 꾸준함을 이기지 못한다.'

무엇을 하든지 꾸준히 하는 편입니다. 며칠 쉬더라도 다시 돌아와서 시작합니다. 하루 10분이라도 꾸준히 하는 것이 중요합니다. 하루 10분에 놀라운 힘이 있음을 체험했습니다.

사실 처음에는 무엇을 시작하는 것이 두려웠습니다.

하지만 첫 시작을 잘하면 모든 것은 자동적으로 이루어진 다는 것을 깨달았습니다. 새로운 일을 시작할 때는 너무 크 게 계획을 잡지 않았습니다. 성취할 수 있을 만한 목표를 세 웠습니다.

시작을 두려워하는 이들이 많습니다. 일단 시작을 하게 되면 그 또한 작은 성공이 아닐까요? 시작하면 반은 성공이 라고 생각합니다. 매일매일 실천할 수 있는 소소한 것들을 성취함으로써 맛보는 쾌감은 말할 수 없이 기쁘다는 것을 몸 소 느끼며 삽니다. 너무 큰 성공을 바라며 살아온 것 같습니 다. 작은 습관이 쌓여서 성장을 만들어냅니다. 저 자신의 성 장을 위해 하루하루 작은 실천에 의미를 부여합니다.

매일 글을 씁니다. 매일 글을 씀으로써 또 다른 성장을 이루어낸 저의 모습을 상상합니다. 생활 속에서 성취한 작은 성공을 통해 미래의 저를 상상해보면 마음이 흐뭇해집니다.

이런 꾸준함은 아버지로부터 물려받았습니다. 아버지 는 무엇을 하든지 꾸준히 끝까지 마무리했습니다. 아버지의 꾸준함은 성실함으로 이어졌습니다. 아버지는 꾸준함과 성 실함 덕분에 누구에게든 신뢰를 얻으며 살았습니다. 다른 학 교로 옮기는 교장 선생님이 아버지를 데려가고 싶다고 할 정 도였습니다.

작은 성공도 단 한 걸음의 차이라고 생각합니다. 매일 한 걸음씩 걸으면 됩니다. 처음 등산할 때가 생각납니다. 정말 두려웠습니다. 처음 집 뒤의 관악산을 오르기 시작할 때 너무나 두려웠습니다. 하지만 5년 전부터 일주일에 한 번씩 꾸준히 관악산을 오르고 있습니다. 자신감을 가지고 하니 두려움을 극복할 수 있었습니다. 이것이 저의 첫 번째 작은 성공입니다.

작은 성공을 이루기 위해서는 인내심 또한 필요합니다. 매일 하다가 달라진 상황으로 인해 중도에 포기해 버리는 경우가 있습니다. 저는 어떻게 해서든 매일 할 수 있는 환경을 만들었습니다. 아침에 하는 운동을 아침에 못하면 저녁때라도 시간을 내서 꼭 합니다. 여행이나 출장으로 인해 못할 수도 있습니다. 최근에 어머니, 막내 동생과 몇 년 만에 다녀온 여행길에 너무 기쁜 나머지 매일 해야 할 운동, 발음 연습, 독서를 못했습니다. 그래도 여행을 다녀온 다음 바로 페이스를 조절해 이어갈 수 있었습니다.

매일 하지 못할 것 같으면 타이머를 맞춰놓고 하는 방법도 있습니다. 타이머를 맞춰놓으면 작은 성공을 거두는 데 도움이 됩니다. 계속 이어나갈 원동력과 제동장치가 필요합니다.

어렸을 적에 걷기 연습은 정말 힘들었습니다. 한 발 한 발 떼기도 힘들었습니다. 그럴 때 아버지의 격려 한마디가 힘이 되었습니다.

"진행아, 조금만 걸어보자!"

이 말 한마디가 저를 이날까지 건강하게 걷게 만들었습니다.

주위사람들의 말 한마디가 작은 성공을 거두는 요인이 됩니다. 발음 연습을 할 때 처음에는 페이스북에 포스팅했습니다. 페이스북에 올렸을 때 보내준 페이스북 친구들의 응원 덕분에 발음 연습을 꾸준히 해나갈 수 있었습니다.

"진행씨, 점점 발음이 좋아지고 있어요. 잘하고 있어요."

주위에 힘을 주는 사람들이 있으면 삶 속에서 어렵지 않게 작은 성공을 거둘 수 있습니다.

자신의 의지가 약할 때는 주변 사람에게 문자로 동기부여를 해달라고 부탁해도 됩니다. 어떻게든 작게나마 성공할 수 있는 발판을 마련해야 합니다. 제가 발음 연습을 할 수 있도록 동기부여를 해준 많은 지인들이 있습니다. 사람들의 한마디 동기부여가 작은 성공을 부릅니다. 뭔가 시작하는 이들에게 긍정적인 피드백과 용기를 주면 서로 도움이 됩니다. 작은 성공을 거둔 이들을 보며 동기부여를 받고, 그 영향을 받은 사람이 삶의 자세를 바꾸게 되면 또 다른 작은 성공이 이어집니다. 이런 작은 성공의 선순환이 이어지길 바라는 마음 간절합니다. 제게 동기를 부여해준 지인들에게 감사의 마음을 전합니다. 더욱 향상된 발음으로 보답하겠습니다.

저는 매일매일의 작은 미션을 통해서 작은 성공을 거둡니다. 작은 성공을 향해 달려가고 있지만, 매일매일 하는 것들이 쌓여 더 한층 성장해야 함을 절실히 깨닫습니다. 작은 성공으로 인해 언젠가 삶이 확장되고 한 단계 성장한 제 자신을 상상해봅니다. 저는 매일 성장하고 있습니다.

몸이 아픈 건
현상일 뿐입니다

장애인이기 전에
똑같은 한사람

장애인으로 살아오면서 항상 의문이 있었습니다. 어릴 적에 아버지의 도움을 받아서 걷기 연습을 하면서도 아래와 같은 질문은 나의 삶을 에워쌌습니다.

'왜 장애인으로 태어난 거야?'

'왜 장애인, 비장애인 구분을 해놓았는가?'

'다 같은 인간이고 같은 사람인데 왜 구별할까?'

인간은 똑같은 한사람입니다. 가끔 내가 지나가면 사람들이 쳐다보면서 이럽니다.

"아, 불쌍해."

이상한 사람인 듯이, 벌레 바라보듯이 쳐다봅니다. 장애인들이 벌레는 아니지 않은가요?

장애인들이 불쌍한 존재인가요? 입, 코, 귀, 눈, 다리, 팔

등 비장애인과 다를 바가 없습니다. 눈이 안 보여서 시각장애인이 되고, 귀가 안 들려 청각장애인이 되고, 팔이나 다리가 없어서 지체장애인이 되었을 뿐입니다. 몸만 불편할 뿐 정신이 바른, 똑같은 한사람입니다.

장애인, 비장애인으로 나누지 말고 다 같은 한인간으로 바라보면 얼마나 좋을까요. 장애인들을 바라보는 관점과 시각이 장애인으로 만들지 않았을까 하는 생각이 듭니다. 장애인들을 한인간, 똑같은 인간으로 바라보면 그런 생각은 들지 않을 것입니다. 몸의 불편 여부에 따라 장애인, 비장애인으로 구분했겠지요. 하지만 요즈음 마음에 장애를 지니고 사는 사람이 얼마나 많습니까? 이들이 비장애인이면서 동시에 장애인 아닌가요?

아무 것도 못하는 이들이 장애인은 아닙니다. 장애인 중에도 모험을 좋아하고 도전을 즐기는 이들이 많습니다. 몇 년 전 강원도 동강에서 래프팅을 즐기고 왔습니다. 처음에는 너무 위험하다고 생각했습니다. 래프팅을 가는 날 아침에 많이 긴장한 것은 사실입니다. 래프팅을 시작하기 전에도 두려움이 밀려왔습니다.

'아, 물살이 세네. 보트를 제대로 탈 수 있을까?'

몸이 아픈 건
현상일 뿐입니다

117

그 순간 이런 생각이 지나갔습니다.

'그래, 물살과 파도를 보지 말고 물살과 파도를 즐기자.'

이런 생각을 하니 보트를 타는 순간 긴장이 사라졌습니다. 모든 걸 즐겼습니다. 즐기는 순간 두려움과 긴장은 어느새 사라졌습니다. 바위틈을 휘돌아 흐르는 물길도 즐겼습니다. 래프팅을 하고 난 다음 세상일에 대한 두려움이 많이 사라졌습니다. 인생을 즐기며 산다면 마음에 장애가 생기지 않을 것입니다.

장애는 장애일 뿐입니다. 장애를 즐기는 이들도 많습니다. '그까짓 장애 물러가라!' 하며 장애를 오히려 무기 삼아 씩씩하게 사는 이들이 많습니다. 저 역시 장애로 인한 역경과 고난이 있었지만, 이런 마음으로 신체장애를 이겨냈습니다.

'마음만은 장애를 겪지 말아야지.'

버스나 지하철을 타면 노약자석이 있습니다. 그 자리에 앉을 권리가 있음에도 불구하고 그 자리를 일부러 피합니다. 오히려 그 자리가 불편해 노인들에게 양보하는 편입니다. 몸이 흔들려도 서서 가는 것이 더 편합니다.

모든 인간은 평등합니다. 어느 누가 장애인으로 태어나

고 싶을까요? 한글을 만든 세종대왕도 시각장애가 있었습니다. 하지만 세종대왕이 정사를 펼치는데 시각장애는 아무런 걸림돌이 되지 않았습니다. 백성 중에도 장애를 가진 이들이 많았습니다. '모든 인간은 평등하다'는 인식이 없던 시절에도 장애인을 심하게 차별하지 않았습니다. 그런데 만인이 평등한 현대를 사는 우리는 왜 그리 장애인과 비장애인을 다른 부류의 사람으로 나누는 것일까요?

장애인이 이상한 사람인가요? 장애인도 비장애인과 마찬가지로 걸어 다니고 말하고 듣고 똑같이 합니다. 서로 차별하지 말고 차이를 존중해주었으면 합니다. 차이를 존중하면 장애인을 바라보는 시선이 달라지지 않을까요?

장애인의 장애를 바라보지 말고 그 장애인의 능력을 바라보면 직원을 채용하는 데도 많은 변화가 일어날 것입니다. 장애인을 '장애를 가진 사람'으로 바라보는 순간부터 우리의 인식은 변질됩니다. 장애는 장애 그대로 바라보고, 그 사람의 인격, 성격, 됨됨이는 다른 맥락에서 바라보아야 합니다.

함께하자고 하면서 함께하지 않는 모습을 종종 봅니다. 말뿐인 함께함은 아무 소용이 없습니다. 말과 행동이 일치해야 합니다. 장애인과 함께한다는 것은 무엇일까요? 장애인과 함께한다는 것은 그들을 있는 모습 그대로 바라보고, 그들과 생각을 나누고, 그들과 함께 행진하는 것 아닌가요? 장애인, 비장애인으로 나누기 전에 우리가 한인간이라는 것을 기억해주십시오. 한인간인데 차별합니다.

'퇴직시키고 벌금 내면 돼.'

이런 인식이 기업에 만연합니다. 이런 인식은 왜 생기는가요? 장애인과 비장애인은 한인간이 아니라는 인식 때문입니다. 장애인이기 전에 똑같은 한사람입니다.

매일 하는
발음 연습

매일 10분에서 15분 정도 하는 것이 있습니다. 바로 발음 연습입니다. 제 발음은 어머니조차 알아듣지 못했습니다. 매일 집에서 대화를 나누어야 하니 서로 얼마나 답답했겠습니까? 매일 발음 연습을 하는데도 천천히 말할 때만 알아들었습니다. 가족도 알아듣지 못하니 피나는 연습을 해야 했습니다. 그래서 지금도 꾸준히 매일 발음 연습을 하고 있습니다.

고등학교 다닐 적에 담임선생님이 제 발음을 교정하려고 숟가락요법을 사용한 적이 있습니다. 숟가락으로 혓바닥을 누르고 말을 하게 하는 것입니다. 선생님은 몇 번 시도해 보시더니 아무 효과가 없음을 알고 그만두었습니다. 그 방법은 제게는 맞지 않았습니다.

몸이 아픈 건
현상일 뿐입니다

작년에 있었던 일입니다. 모임에서 알고 지내던 동생이 저와 이야기를 나누던 중에 이렇게 말하는 것이었습니다.

"뭐라고 하는지 못 알아듣겠네."

순간 화가 났습니다. 하지만 참았습니다. 알고 지낸 지 얼마 안됐으니 이해하자고 마음먹었습니다. 곁에 있던 다른 지인이 그에게 대신 한마디해주었습니다.

"그렇게 말하면 안돼. 장애를 가지고 있어서 그래. 잘 모르면서 그렇게 말하면 안돼. 이분도 열심히 노력하며 발음 연습중이야."

저를 변호해준 그 지인에게 감사하지만 스스로에게 화가 났습니다. 그 후로 더 본격적이고 철저하게 발음 연습을 하기 시작했습니다. 발음 연습을 열심히 하기 시작한 것은 좀 더 소급해 3년쯤 전부터였습니다. 매일 아침 거울을 보고 입 모양을 주시하면서 발음 연습을 했습니다. 웃는 연습도 같이 했습니다. 거울을 보며 '가, 나, 다, 라…' 한글 자음과 모음 중심으로 연습을 했습니다. 그러다가 책을 읽기도 하고 시를 읊기도 했습니다. 최근에는 김효석 아카데미를 운영하는 김효석 대표의 스피치 책에서 좋은 내용을 골라 발음 연습을 하고 있습니다.

발음 연습을 할 때에는 입을 크게 벌려 발음했습니다.

그랬더니 효과가 좋았습니다. 자신감이 생겼습니다. 사람들과 대화할 때는 빨리 말하지 않고 가급적 천천히 말을 하려고 합니다. 말이 빨라질 때에는 마음을 차분히 하며 조절합니다. 그러면 호흡조절도 할 수 있고 감정도 가다듬을 수 있습니다.

발음 연습하기 전에 혀를 움직이며 준비운동을 합니다. 혀를 말기도 하고 펴기도 하는 등의 사전운동을 합니다. 그런 다음 본격적인 발음 연습에 들어갑니다.

페이스북에 발음 연습을 하는 영상을 매일 올렸습니다. 페이스북 친구들이 열심히 응원해주었습니다. 그 덕분에 발음 연습을 계속하게 되었습니다. 발음 연습을 하면서 뭐든지 꾸준히 하면 나아지겠구나 하는 마음이 들었습니다. 매일 작은 성취를 맛보았습니다. 너무 큰 욕심 부리지 않고 매일 조금씩 해나가고 있습니다.

제 꿈은 사람들 앞에서 강의하는 것입니다. 매일 발음 연습을 하는 이유는 대화를 잘하기 위해서이기도 하지만, 강의를 하고 싶어서입니다. 강사를 하고 싶습니다. 강사 이야기를 하니 어릴 적 일이 생각납니다. 어릴 적에 어머니는 재봉틀로 우리 형제의 옷을 수선해 주었습니다. 수선 이야기를 하려는 것이 아닙니다. 재봉틀과 함께 의자가 있었습니다. 저는 그 의자를 앞에 놓고 강의하는 모습을 취하곤 했습니다. 어눌한 말로 아무 말이나 했던 것 같습니다. 말을 잘 하고 싶은 마음이 간절했던 것입니다.

발음 연습에 매달리는 이유는 살기 위한 몸부림이기도 합니다. 몸도 불편한데 발음까지 불편하면 안될 것 같은 마음이 들어서입니다. 소통이 되어야 하지 않겠습니까? 소통을 위해서는 대화가 필요하고, 그러자니 발음 연습을 꾸준히 해온 것입니다.

발음 연습하는 모습을 음성으로 녹음해놓거나 영상을 찍어놓습니다. 녹음해놓은 것을 들어봅니다. 만족스럽지 않은 경우가 많았습니다. 영상으로 촬영한 것을 볼 때는 입 모양을 봅니다. 다음과 같은 내용을 확인하면서 영상을 관찰합니다.

'입을 삐뚤거리는 않는지?'

'또박또박 말을 하고 있는지?'

영상을 보면서 확인한 후에 발음 연습을 하면 조금은 나아집니다. 간혹 속도가 빨라질 때가 있습니다. 그럴 때에는 호흡조절을 하면서 다시 촬영합니다. 반복하다 보면 미약하게나마 나아지는 발음을 발견합니다. 그럴 때에는 희열을 느낍니다. 매일 조금씩 연습해서 성취한 작은 성공입니다.

앞으로도 발음 연습을 멈추지 않을 것입니다. 저는 꿈이 있습니다. 유창한 발음을 원하지는 않습니다. 사람들 앞에서 차분한 어조로 강연할 날을 만들고 싶습니다.

하루 10분 운동

초등학교 2학년 때 걷기 시작한 후부터 운동이 생활화
되었습니다. 걷기 시작하면서 달라진 것입니다. 그때는 다
리에 보조기를 차고 걷기 연습을 했습니다. 보조기는 다리
에 상당한 무게감을 줍니다. 그 무게를 이기기 힘들어 포기
하고 싶었습니다. 하지만 스스로를 위해 걸어야 했습니다.
운동을 해야 했습니다. 그때는 그것이 운동이었습니다. 얼
굴에 땀을 흘리면서 걸었습니다. 운동은 그렇게 자연스럽게
다가왔습니다.

걷기 연습을 하면서 자연스레 시작한 운동은 생활습관
이 되었습니다. 하루에 10분이면 운동이 됩니다. 운동도구
가 필요없습니다. 집에 있는 의자, 청소도구, 수건 등이 운동
도구입니다. 이렇게 운동을 시작할 수 있도록 도움을 준 지

인이 있습니다.

압구정역 근처에 스타트레인이라는 곳이 있습니다. 헬스장입니다. 스타트레인 정주호 대표님을 만나면서 인연이 시작되었습니다. 기독교방송 프로그램에서 강연자와 방청객으로 처음 만났습니다. 그때는 통성명을 못했습니다. 그런데 대표님을 매주 나가는 모임에서 또 만났습니다. 대표님에게 인사를 드리니 저를 기억하는 것이었습니다. 그 후 대표님과의 인연이 계속되었습니다.

대표님은 자신이 운영하는 헬스장에 한번 방문해달라고 했습니다. 며칠 뒤에 찾아갔습니다. 반갑게 맞이해준 대표님은 편한 말로 대해주었습니다. 여러 이야기를 나누던 중에 대표님이 이렇게 말하는 것이었습니다.

"진행아! 일주일에 한 번씩 여기 와서 운동 레슨을 받으렴."

그래서 그 다음 주부터 운동을 시작했습니다. 헬스를 시작한 날 간단한 운동법을 배웠습니다. 집에서 할 수 있는 간단한 운동을 가르쳐주었습니다. 그날은 대표님이 직접 가르쳐주었습니다. 그렇게 운동을 계속할 수 있는 원동력을 다시 만났습니다. 정주호 대표님은 사회적 약자들에게 운동으로 도움을 주는 분입니다.

운동 첫날은 약하게 운동을 시작했습니다. 1시간 정도 했습니다. 러닝머신에서 10분쯤 달리기를 한 다음 도구를 이용한 운동을 몇 가지 배웠습니다. 운동을 하면서 전국장애 인체전 때 운동하던 모습이 떠올랐습니다. 무리하지 않았는 데도 오랜만에 하는 운동이라서 온 몸이 뻐근했습니다. 그러 면서 이런 생각이 들었습니다.

'역시 운동은 매일 해야 해.'

스쿼트를 처음 할 때는 온 몸이 힘듦을 느꼈습니다. 10 회씩 2회를 반복하는데, 9회 때가 고비였습니다. 15회를 할 때는 12회째가 고비였습니다. 차츰 적응이 되면서 힘듦을 잊을 수 있었습니다. 헬스장을 나가지 않는 날은 집에서 운 동하였습니다. 현재까지 꾸준히 적어도 매일 10분씩 집에서 운동을 계속하고 있습니다. 이제 습관이 되었습니다.

하루에 10분이라도 운동을 하자는 것이 스스로의 약속 이 되었습니다. 약속을 지키기 위해 최선을 다합니다. 그냥 지나칠까봐 알람을 맞춰놓고 하는 날도 있습니다. 이 또한 운동습관을 만드는 좋은 방법입니다.

매일 운동을 하지 않으면 무엇인가 빠진 느낌을 받습니 다. 운동시간은 딱히 정해져 있지 않습니다. 하루 중 운동이 가능한 시간에 합니다. 요즘은 보통 30분 정도 운동합니다.

집에서 운동을 못할 때는 동네 한 바퀴를 천천히 걷습니다. 가까운 거리는 가능한 한 걸어 다닙니다. 그것이 운동입니다. 버스 두 정거장 정도는 걸어 다닙니다.

한번은 몇 달 동안 운동을 쉰 적이 있었습니다. 그 대가는 단번에 나타났습니다. 며칠간 못 일어날 정도로 허리가 아팠습니다. 가까운 정형외과에 가서 진단을 받았습니다. 의사는 이렇게 말했습니다.

"운동을 안해서 그래요! 운동하면 괜찮아질 거예요. 일단 물리치료 받으며 봅시다. 대신 집에서 운동을 하시고요."

의사의 말에 한방 먹은 듯했습니다. 그 후로 물리치료 받으면서 운동을 다시 시작했습니다. 다시는 운동을 쉬지 않기로 다짐하였습니다. 마음의 다짐을 계기로 이때까지 운동을 쉬지 않고 있습니다.

정주호 대표는 운동과 더불어 수면의 중요성에 대해서도 충고의 말을 들려주었습니다.

"매일 잠자리에 드는 시간이 달라도 아침에 일어나는 시간이 일정해야 한다. 그래야 하루를 피곤하지 않고 활기차게 보낼 수 있어."

밤에 늦게 자고 아침에 늦게 일어나면 그날 하루를 나

른하고 무력하게 보내는 제 자신의 모습을 발견했습니다. 그 후로 일어나는 시간은 아침 6시로 일정하게 유지했습니다. 그러면서 운동을 열심히 하니 매일의 생활이 훨씬 나아지는 것을 느낄 수 있었습니다. 전혀 피곤함을 느낄 수 없었습니다.

하루 10분 운동 습관은 평생 지켜야 할 저 자신과의 약속입니다.

공익 CF를 찍다

2015년 1월 어느 토요일 아침이었습니다. 한 통의 전화를 받았습니다. 스타트레인 정주호 대표님의 전화였습니다. 대표님은 간단하게 말하고 전화를 끊었습니다.

"진행아, 내일 오전 10시까지 오렴."

주일이라 망설였습니다. 하지만 대표님의 호출이라 집을 나섰습니다. 예배는 오후에 드리면 되기 때문이었습니다. 스타트레인 입구에 들어서니 카메라들이 보였습니다. 어리둥절했습니다.

'이건 뭐지?'

저를 본 대표님이 말했습니다.

"오늘 MBC 공익광고 촬영할 거야."

"아, 네!"

저는 들뜬 마음으로 대답했습니다.

촬영을 총괄할 김윤성 PD와 인사를 나누고 본격적인 촬영준비에 들어갔습니다. 2시간 넘게 촬영을 했습니다. 내용은 사회공헌의 일환으로 나눔을 실천하고 있는 아름다운 사람들을 이야기였습니다. 같이 CF를 촬영한 정주호 대표는 사회적 약자들을 위해 많은 도움을 주는 멋지고 아름다운 마음의 소유자입니다. 그런 분과 함께 CF를 촬영한다니 뿌듯한 마음이 들었습니다.

대표님과 함께 운동하는 모습을 촬영했습니다. 땀이 흐르는 것을 표현하기 위해 얼굴에 분무기로 물을 뿌렸습니다. 제 모습을 연신 카메라에 담던 김윤성 PD는 카메라를 의식하는 저를 보고 말했습니다.

"카메라 의식하지 말고 자연스럽게 해봐요."

그 후론 자연스런 모습으로 운동하는 데 집중하였습니다. 2시간여 만에 촬영을 마쳤습니다. 정주호 대표님은 저를 보고 이렇게 말했습니다.

"와, 연기자 해도 되겠다!"

저는 대사가 없었습니다. 그래도 동작연기는 괜찮았나 봅니다. 기분이 좋았습니다.

'내가 CF를 촬영하다니…'

광고 촬영료로 20만 원을 받았습니다. 촬영이 끝난 다음 바로 교회로 가서 기도를 드렸습니다.

"하나님, 감사합니다."

이 말밖에 나오지 않았습니다. 광고 찍은 것이 뭐 대단하냐고 묻겠지만, 제게는 대단한 것입니다. 이런 기회를 맛보게 해준 정주호 대표님에게 감사드립니다.

그 후 영상이 어떻게 나올까 하는 생각으로 가슴 설레며 방송이 나오기를 기다렸습니다. 드디어 2주 후에 MBC 텔레비전에서 흘러나오는 CF를 만났습니다. 아침저녁으로 하루 2회씩 방송되었습니다. TV에 나오는 제 모습이 자랑스러웠습니다. 방송을 보며 외쳤습니다.

"나 이진행, CF 스타야!"

방송이 나간 후 전화를 많이 받았습니다. 모두 이렇게 말했습니다.

"광고영상 잘 봤어. 대단하고 부럽다!"

사람들에게 부러움의 존재가 된다는 것이 무엇인지 CF를 촬영하고 새삼 느꼈습니다. 광고는 한 달 가까이 방송되었습니다. 낮에 길거리를 걷고 있노라면 물어보는 사람들이 있었습니다.

"MBC 공익광고에 나오신 분 아니에요?"

기쁜 얼굴로 대답했습니다.

"아, 네. 맞습니다."

광고가 방송되는 동안 길거리를 다니면 모든 사람이 저만 처다보는 것 같았습니다. 방송광고 출연은 잠깐이지만 저를 유명하게 만들어주었습니다. 연예인이 된 듯한 기분을 매일 체감했습니다.

어머니는 무척 대견해 하셨습니다. 그러면서도 지나치지 않고 한말씀하셨습니다.

"다 좋은데 입모양이 마음에 안 든다."

역시 예리한 우리 어머니입니다. 어머니는 동네 아줌마들에게 자랑은 하지 않으셨습니다. 광고에 출연한 것은 대단한 일이지만, 그 영향으로 제가 자칫 교만한 사람이나 되지 않을까 노파심이 들었던 것입니다. 그 후 사람들이 '대단한 사람이네요'라고 말하면 저는 이렇게 대답했습니다.

"아닙니다. 좋은 세상을 만들자는 취지의 공익광고에 출연한 것일 뿐입니다."

MBC 공익광고는 제게 자신감을 심어주었습니다. 광고에는 정주호 대표님을 비롯하여 두 분의 이야기가 더 나옵니다. 광고에 출연한 세 분처럼 사회적 약자들에게 도움을 주는 분들이 많아졌으면 좋겠습니다. 그렇게 따뜻한 세상이 되었으면 합니다.

　그 후 정 대표님과 MBC 프로 〈나누면 행복, 함께 사는 세상 프로젝트〉에 다시 한 번 출연하였습니다. 정주호 대표님은 그 프로에서도 나눔을 실천하는 모습을 보여주었습니다. 저도 작은 것이라도 나누는 사람이 되려고 노력합니다.

15분 스피치

저는 사람들 앞에서 이야기하는 강사가 꿈입니다. 남들이 하니까, 요즈음 강사가 인기라서가 아닙니다. 제 가슴속에 담아두고 있는 소중한 꿈입니다.

수요일마다 진행되던 '수요북포럼'이라는 책 관련 모임이 있었습니다. 선정된 도서의 저자를 초청해 이야기를 나누는 모임입니다. 그 모임에서는 '톡스'라는 프로그램을 진행하였습니다. 참석자 가운데서 사전예약을 받아 15분 스피치 기회를 주는 것입니다.

15분 스피치를 하고 싶어 톡스 진행자에게 신청을 했습니다. 스피치를 따로 배우지는 않았습니다. 발음이 어눌하지만 사람들 앞에서 스피치를 하고 싶은 강한 욕구를 느꼈습니다. 할 수 있을 것 같은 마음이 들었습니다. 남들 앞에 서는 것이 두려워도 과감한 도전을 통해 그 두려움을 떨쳐 버리고 싶었습니다. 그렇게 해서 스피치 기회를 갖게 되었습니다.

먼저 PPT를 만들어야 했습니다. 제 이야기를 하고 싶었습니다. 그날의 주제는 '나에게 장애란?'이었습니다. 저의 인생 이야기 속에 주제를 녹여내었습니다. 발음은 엉성했습니다. 발표를 하기 전에 가슴이 두근거렸습니다. 15분이 어떻게 지나갔는지 기억이 안 납니다. 마치고 나니 등이 땀으로 적셔 있었습니다.

'해냈다!'

박수소리를 들으며 속으로 외쳤습니다. 순간 눈물이 흘렀습니다. 다리가 후들거리며 진땀을 뺐지만, 큰 산을 넘은 듯한 쾌감을 맛보았습니다. 참석자 중의 한 분이 다가와 말했습니다.

"감동이었어요. 발음도 알아들을 만해서 너무 좋았어요."

그 말이 큰 용기를 주었습니다. 말 한마디가 사람에게 얼마나 위안과 용기를 주는지 새삼 느꼈습니다.

그날 톡스 진행은 비즈토크 이미숙 대표님이 해주었습니다. 대표님은 톡스를 시작하기 전에 제게 물었습니다.

"진행 선생님, 뭐가 그리 감사하세요?"

저는 이렇게 대답했습니다.

몸이 아픈 건
현상일 뿐입니다

"살아 있는 것이 감사하죠."

그날 정장을 하고 갔습니다. 스피치를 마친 다음 온통 땀에 적신 몸으로 자리에 앉아 생각했습니다.

'과연 전달하고자 하는 바를 잘 전달했는지?'

내용 전달도 중요하지만 항상 걱정거리는 발음이 얼마나 정확한가였습니다. 다음날 유튜브에 올라온 15분 스피치 영상을 보면서 점수를 매겨보았습니다. 스스로에게 준 점수는 60점입니다. 그 영상을 수도 없이 보았습니다.

'살아 있는 것이 감사하다'는 제 말을 방송 중에 들려주면서 울먹이던 이미숙 대표님의 모습이 눈에 선합니다. 그렇습니다. 저는 진실로 살아 있음에 감사드립니다. 그것을 온 세상 사람이 알게 하자는 것이 제가 강의를 하고 싶은 이유이기도 합니다. 그날 사회를 맡은 이미숙 대표님의 말을 들은 참석자들도 모두 눈물을 흘리던 기억이 납니다.

그로부터 몇 주 후에 같은 주제로 소통테이너 오종철 형의 팬클럽인 '리액터스'에서 스피치할 기회가 생겼습니다. 연습한 대로 발표를 했습니다. 마치고 나서 잘했다는 말을 많이 들었지만, 발음이 신경쓰였습니다. 연습을 더 해야겠다는 다짐을 했습니다.

15분 스피치의 경험은 할 수 있다는 용기를 심어주었습니다. 두려움을 없애주었습니다. 무슨 일에든 자부심을 갖고 도전할 수 있게 해주었습니다. 부족한 점도 깨달았습니다. 그래서 유튜브로 강의영상을 보면서 연구했습니다. 스피치 성량은 어느 정도로 해야 하는지, 몸짓은 어떻게 해야 하는지, 표정은 어떻게 지어야 하는지 방법을 연구했습니다. PPT를 만들 때 전하고 싶은 말을 그림 아래에 넣어 청중이 쉽게 알아볼 수 있도록 넣어야겠다는 생각도 했습니다. 스피치 경험 이후로 강사의 꿈은 더욱 강렬해졌습니다. 장소를 불문하고 발음 연습과 운동에 힘썼습니다. 최고의 무기를 장착해야겠다는 강한 마음을 먹게 됩니다. 앞날을 스스로 개척해야 한다는 마음을 갖게 되었습니다.

15분 스피치 경험은 평생 잊을 수 없을 것입니다. 대중 앞에 선 첫 경험이기 때문입니다. 앞으로 대중 앞에서 강연할 기회가 많아질 것 같은 확신이 들었습니다. 작은 것을 하나하나 이루어가는 제 모습을 보며 자부심을 느낍니다. 어머니는 저를 많이 걱정하십니다. 안정적인 일자리가 없는 제 모습을 보며 안타까워하십니다. 하지만 전 걱정하지 않습니다. 자기계발에 힘쓰다 보면 곧 좋은 날이 오리라 믿습니다.

저는 강사의 꿈을 향해 나아갑니다. 강사를 하려면 준

비할 것이 많습니다. 강의할 전문분야에 대한 연구도 게을리 해서는 안될 것입니다. 강의를 잘하는 분들에게 조언을 부탁했더니 모두 저의 장애를 보고서는 조심스럽게 말합니다.

"강사를 할 수 있을지 가늠이 안 가네요. 발음 연습부터 충실히 먼저 해야 할 것 같아요."

아직 부족한 것을 잘 알고 있습니다. 그분들의 조언대로 발음 연습을 열심히 할 것입니다. 그리고 언젠가는 강단에 서서 사람들의 심금을 울리는 멋진 이야기를 들려드리고 싶습니다.

첫 외부강의

강의를 하는 것이 꿈이었습니다. 사람들 앞에서 저의 삶을 이야기하고 싶은 마음이 간절했습니다. 강단에 선 모습을 상상해보기도 했습니다. 상상하면 이루어진다고 했습니다. 상상이 현실이 되는 일이 일어났습니다.

어느 날에 지인으로부터 문자가 왔습니다.

"이진행 감사마스터님, 제가 아는 곳에 추천해드릴 테니 강의 한번 해보세요!"

그 지인은 강의를 하고 싶어하는 저의 간절한 마음을 알았습니다. 간절한 마음이 전달된 것입니다. 너무 감사하고 기뻤습니다.

많은 청중들 앞에서 강의를 하게 된다니 믿기지 않았습니다. 강의 2주 전부터 PPT를 준비하였습니다. 강의 들을 사

몸이 아픈 건
현상일 뿐입니다

141

람들을 생각하며 정성껏 준비했습니다. 준비하는 동안 마음
은 하늘을 나는 듯했습니다.

'잘 해보자!'

드디어 그날이 되었습니다. 긴장된 나머지 잠을 설쳤지
만 정신은 온전하였습니다. 강의 장소인 '서부면허시험장'
으로 향했습니다. 저를 추천해준 지인을 만나 함께 들어갔
습니다.

"말씀드린 이진행 감사마스터님이세요."

지인의 소개에 담당자는 반갑게 맞이해주었습니다. 차
한 잔을 나눈 뒤에 강의실로 이동하였습니다.

사회자의 소개를 받고 연단 앞으로 나섰습니다. 연단에
서서 청중 한 분 한 분의 얼굴을 보면서 천천히 말문을 열었
습니다.

"안녕하세요, 매일을 감사하는 마음으로 사는 감사마스
터 이진행이라고 합니다."

강의를 시작하기 전에 마인드 컨트롤을 했지만, 여전히
긴장이 풀리지 않았습니다. 청중들의 박수소리에 힘입어 다
음 이야기를 이어나갔습니다.

'천천히 말을 하자.'

'한마디 한마디 똑바로 발음하자.'

'전하고자 하는 내용이 잘 전달되도록 하자.'

이런 원칙을 세우고 이야기를 풀어나갔습니다. 50분이 어떻게 지나갔는지 모르겠습니다. 이야기에 몰두하다 보니 금세 시간이 흘렀습니다. 그런데 뒤로 갈수록 말의 속도가 빨라졌습니다. 급한 마음에 호흡 조절을 잘 못했습니다.

강의는 무사히 잘 마쳤습니다. 귀를 기울이고 열심히 들어준 사람도 있었지만, 그렇지 않은 사람도 눈에 띄었습니다. 스스로 강의 점수를 주자면 50점 정도였습니다. 50점도 너무 후한 점수입니다. 유머를 가미하면서 해야 했는데, 너무 이야기를 전달하는 데 집중했습니다. 많이 아쉬웠습니다. 다음번에는 잘하고 못하고를 떠나서 강의를 듣는 이들에게 기억에 남는 강의를 해야겠다는 다짐을 했습니다.

집으로 오늘 길에 스스로에게 이렇게 말했습니다.

"진행아, 그래도 잘했어. 외부강의가 처음이잖아. 앞으로 더 연습해서 기회가 오면 멋지게 해보자! 너무 수고했어. 자랑스러워."

바깥 날씨는 추웠지만 마음만은 따뜻했습니다. 너무 뿌듯했습니다. 앞으로의 제 모습이 상상되었습니다. 상상하면 현실이 됨을 체험한 날이었습니다. 2016년 12월 28일, 이날을 잊지 못합니다.

2016년은 기억에 남는 해입니다. 제가 주인공인 감사 콘서트를 개최한 해였습니다. 또 하나는 첫 외부강의를 한 해였습니다. 사람들에게 제 이야기를 들려주고 싶었습니다. 그래서 강의할 곳을 찾았습니다. 강의할 수 있는 좋은 모임이 있으면 무조건 나갔습니다. 먼저 저를 알려야 했습니다. 준비되어 있는 자에게는 길이 열린다는 믿음이 있습니다.

그 기회가 활짝 열려 있지 않다는 것을 잘 압니다. 하지만 준비하고 기다리면 언젠가는 기회가 열릴 것을 기대합니다. 아직은 최고의 강사가 되기에는 부족합니다. 한 걸음 한 걸음 나아가다 보면 언젠가는 꿈이 이루어지겠지요.

저 이진행, 최고의 강사가 될 것입니다. 꼭! 기필코!

4

인생은 진행형

감사 인터뷰

"감사마스터라는 개인 브랜드를 가지고 있으니 제가 한 가지 미션을 드릴게요. 주위 분들의 감사 스토리를 인터뷰하여 포스팅해보시면 좋겠습니다."

강사가 되고 싶어하는 제게 《에너지스타》의 저자인 곽동근 소장이 이런 제안을 해왔습니다. 처음에는 어리둥절했습니다. 강사가 되고 싶다는 사람에게 미션을 주다니, 의아했습니다. 하지만 알겠다고 수락했습니다. 곽 소장은 구체적인 방법까지 알려주었습니다. 먼저 인터뷰 대상자를 만나면 감사 스토리 영상을 촬영하라고 했습니다. 영상의 구성순서는 자기소개, 감사 스토리, 인터뷰에 참여한 소감 순서가 좋겠다고 했습니다.

그날 저녁 집에 돌아와 곽 소장의 말을 곱씹어보았습

니다.

"왜 그런 미션을 주었을까?"

제가 내린 결론은 감사 인터뷰를 하다 보면 강사의 길이 열릴 것이라는 생각이었습니다. 누구부터 인터뷰하지 하는 순간 바로 떠오르는 사람이 있었습니다. 소통테이너 오종철 형입니다. 형에게 바로 톡을 보냈습니다.

"형, 내일 시간되세요?"

무슨 연유인지도 밝히지 않고 이렇게 톡을 보냈습니다. 형은 내일 오후에 만나자는 답을 주었습니다. 아무런 준비도 없이 다음날 형의 사무실로 향했습니다. 형을 만나 방문 목적을 말했습니다.

"형, 제가 감사 인터뷰를 진행하려고 해요. 인터뷰를 통해 지인들의 감사 스토리를 들어보는 것입니다. 첫 번째로 형이 생각났어요."

형은 흔쾌히 승낙을 해주었습니다. 아무것도 준비하지 않고 간 인터뷰였습니다. 인터뷰를 해야 하는데 감사 스토리 영상만 촬영하고 왔습니다. 무엇인가 빠진 듯한데 처음이라 정신이 없었습니다. 빠뜨린 것이 무엇인지 생각이 나지 않았습니다. 인터뷰 아닌 인터뷰를 마치고 집으로 돌아가는 차안에서 앞으로의 계획을 구성했습니다.

종철 형의 영상을 포스팅해 올렸습니다. 네이버 블로그와 페이스북 두 곳에 올렸습니다. 페이스북 친구들의 많은 응원을 받았습니다.

며칠 동안 인터뷰를 다녔습니다. 처음에는 포스팅하는 부분에서 아쉬운 부분이 있었습니다. 인터뷰를 계속하면서 페이스를 찾아갔습니다. 유명한 분은 인터넷 자료를 조사하여 제 나름대로 인터뷰 기사를 구성한 적도 있습니다. 몇몇 만나기 어려운 지인은 서면으로 인터뷰했습니다.

인터뷰를 거부하는 지인은 더 이상 인터뷰 의뢰를 하지 않았습니다. 간혹 인터뷰를 부탁하는 지인도 있었습니다. 인터뷰를 해가면서 원칙이 생겼습니다. 제가 의뢰하는 지인만 인터뷰하는 것으로 원칙을 정했습니다.

인터뷰를 하면서 많은 것을 얻을 수 있었습니다. 인터뷰 대상자들이 들려주는 말은 한결같이 제 삶에 도움이 되었습니다. 모두들 성공이 아닌 성장을 위해 살고 있었습니다. 성장을 위해 자신과 치열하게 싸워나가고 있음을 알 수 있었습니다. 그들의 말을 들으면서 '나는 어떻게 살고 있는가'라는 질문을 스스로 해보았습니다. 그들의 말은 제 내면에서 더 뜨거운 열정이 살아나게 해주었습니다.

제가 인터뷰한 사람들은 모두 다 평범한 삶을 살아왔습

인생은
진행형

149

니다. 갑자기 인생이 바뀐 경우는 없었습니다. 모두들 지난 한 고난과 역경을 이겨내고 고난을 승리로, 역경을 경력으로 만든 사람들이었습니다. '감사마스터'라는 개인 브랜드로 활동하는 저의 모습이 부끄러웠습니다. 그들의 모습을 닮고 싶었습니다.

그들의 감사제목 또한 평범했습니다. 자신의 삶에 감사하고, 부모님께 감사하고, 하나님께 감사한 이들이 많았습니다. 건강만으로 감사하다는 사람, 세상을 살아가는 것이 감사하다는 사람, 무대공포증을 이겨낼 수 있어서 감사하다는 사람도 있었습니다. 이처럼 평범한 것에 감사하는 마음이 이들을 성장하게 한 자산이었습니다.

저의 감사제목 '살아 있는 것이 감사하다' 역시 평범합니다. 대한민국 국민 대다수가 바라고 감사하는 것들은 평범 그 자체임을 알 수 있었습니다. 건강하게 사는 것, 아무 탈 없이 살아가는 것에 대한 감사보다 더 좋은 감사는 없음을 감사 인터뷰를 하면서 새삼 느꼈습니다.

감사 인터뷰를 해가면서 왜 곽동근 소장이 그런 미션을 주었는지 알게 되었습니다. 감사하며 살아가는 다른 이들의 삶을 통해 자신감과 성취감을 가지고 강사의 꿈을 키워가길 바랐던 것 아닐까요?

요즘도 감사 인터뷰를 종종 진행합니다. 대한민국 국민들의 감사 스토리를 만들어보고 싶습니다. 더 나아가 전 세계인들의 감사 스토리를 담아내고 싶습니다. 전국을 일주하고 세계를 일주하면서 감사 인터뷰를 진행하는 저의 모습을 상상해봅니다.

감사 콘서트를
열다

감사 인터뷰를 지속하던 중 문득 이런 생각이 들었습니다.

'감사 콘서트를 열어보면 어떨까?'

20명 가까이 인터뷰를 마친 상태였습니다. 감사 인터뷰의 정식 명칭은 '감사마스터 이진행의 100인 감사 인터뷰'였습니다. 100인의 인터뷰를 마친 후 감사 콘서트를 열까도 생각했습니다. 하지만 중간에 한 번 개최하는 것도 의미가 있겠다 싶었습니다. 바로 실행에 들어갔습니다.

사전모임을 가졌습니다. 행사 당일에 MC를 맡아줄 종철 형과 스파더엘 이미나 동생, 그리고 사진 찍는 병재와 사전모임을 가졌습니다. 그날 종철 형이 이런 질문을 한 것이 기억납니다.

"진행아, 콘서트 목적이 뭐야?"

한참을 머뭇거린 후 이렇게 대답했습니다.

"제가 강의를 하는 것이 소원입니다. 저의 첫 강의를 콘서트를 통해 하고 싶어요. 그리고 감사의 삶을 전하고 싶습니다."

종철 형은 고개를 저으며 말했습니다.

"약한데…"

모두들 더 뚜렷한 목적이 있어야 한다고 했습니다. 하지만 저는 간절했습니다. 저의 진심이 통했을까요? 제가 말한 것을 콘서트 개최의 목적으로 하기로 했습니다. 강의 제목은 '나에게 장애란?'으로 정했습니다. 아울러 '감사야! 고맙다~'는 부제를 붙이기로 하였습니다. 콘서트 날짜는 2016년 11월 28일로 확정했습니다.

문제는 장소였습니다. 무료로 사용할 수 있는 장소를 알아봤지만 쉽지 않았습니다. 감사 인터뷰를 한 사람 가운데 대학로에서 극장을 운영하는 가도현 형님이 있었습니다. 형님에게 전화를 드렸습니다.

"형님, 감사 콘서트를 열려고 하는데 마땅한 장소가 없어요. 형님이 극장을 운영한다는 얘길 듣고 여쭤보려고 연락드렸습니다."

형님은 바로 흔쾌히 대답해주었습니다.

"아 그래, 대학로 극장을 사용하도록 조치해놓으마."

며칠 후 형님은 대학로 극장에 가서 미리 체크하라고 일러주었습니다.

콘서트 장소가 정해진 다음 스태프 모임을 가졌습니다. 스태프 모임에는 설권한 형님과 병재, 은선이가 참석했습니다. 큐시트부터 당일 동선 등 필요한 사항을 의논하였습니다. 세 분은 정말 귀한 저의 지인입니다.

콘서트 포스터는 페이스북 친구가 만들어주었습니다. 페이스북에 올린 제 글을 보고 포스터를 만들어주었습니다.

드디어 행사 당일 아침이 밝았습니다. 아침부터 분주했습니다. 콘서트에 오실 분들에게 문자를 보내고, PPT를 보면서 사전연습을 하였습니다. 콘서트가 시작되기까지 하루가 어떻게 지나갔는지 기억이 나지 않습니다. 행사 장소에 2시간 전에 도착해 현장상황을 체크하였습니다.

두둥~. 종철 형과 미나의 사회로 콘서트의 막이 올랐습니다. 저는 관중석에 앉아 있었습니다. 긴장한 탓인지 사회자의 말이 하나도 안 들렸습니다. 드디어 저의 강의 차례가 되었습니다. 오래 서 있을 수가 없어서 의자에 앉아서 이야기했습니다. 한 글자 한 글자 또박또박 말한다는 마음가짐으로 강의를 진행했습니다. 나름 강의를 잘했습니다. 강의를 마치고 나니 일어설 힘조차 없었습니다.

참석자들이 이렇게 격려해주었습니다.

"발음도 좋았고, 완전 최고였어!"

"앞으로가 기대됩니다."

그날 30명 가까이 오신 것 같습니다. 그날 오신 분들을 잊을 수가 없습니다. 모두 제게 너무나 소중한 분들입니다. 특히 사회를 봐준 종철 형, 미나, 미니 특강을 해준 곽동근 소장님, 공연을 해준 마술사 상범 형, 나비다의 니나에게는 더욱 각별한 감사의 말을 전합니다.

콘서트 개최의 명분도 부족하고 준비도 충분치 못했습니다. 그래도 여러 사람이 애정을 다해 도와주어 성공리에 마칠 수 있었습니다. 이날 저는 또 한 번 강사의 꿈을 이루었습니다. 너무 기뻤습니다. 하늘을 날 듯한 기분이었습니다. 모든 것이 감사 그 자체입니다.

50인
감사 이야기

감사 인터뷰가 제게 준 선물이 있습니다. 인터뷰를 엮어 책을 펴낸 것입니다.

2018년 10월에 김형환 교수님이 진행하는 '1인기업' 수업을 들었습니다. 그 수업을 통해 많은 사람을 알게 되었습니다. 수업 중에 김형환 교수님이 고아라 대표를 소개했습니다. 고아라 대표는 전자책 출간에 도움을 주는 사업을 하고 있었습니다. 고아라 대표의 이야기를 들으면서 머릿속에 번쩍 하나의 생각이 지나갔습니다.

'그래, 고아라 대표를 만나 조언을 구하자. 전자책을 출판할 수 있는 좋은 기회다!'

수업을 마치고 집으로 가면서 고아라 대표에게 카카오톡을 보냈습니다.

"고아라 대표님 안녕하세요. 저는 1인기업 수업을 같이 듣고 있는 이진행입니다. 전자책 관련해서 문의를 드리려고 합니다. 언제 시간을 내주시면 감사하겠습니다."

몇 분 후에 답이 왔습니다. 다음 수업 전에 만나 이야기하기로 했습니다. 고아라 대표를 만나 제 생각을 이야기하였습니다.

"제가 네이버 블로그에 포스팅 중인 감사 인터뷰 50인 분을 모아 책을 출판하고 싶습니다."

고 대표는 좋은 아이디어라며 원고를 보내달라고 했습니다. 그 후 고 대표와 카카오톡으로 대화를 나누며 책의 콘셉트를 정하고 작업에 들어갔습니다. 고 대표는 매주 조금씩 보내주는 원고를 받으면 전자출판 포맷으로 수정해 전송해 주었습니다. 고 대표가 보내준 파일을 제가 다시 수정했습니다. 그렇게 매주 10개의 인터뷰 원고를 손질함으로써 5주 만에 원고가 완성되었습니다.

원고의 마지막 수정은 고 대표를 만나 같이 작업했습니다. 아침에 눈이 소복소복 내린 날 강남의 아담하고 조용한 카페에서 만나 작업을 마무리했습니다.

부크크라는 전자책 출판사에 투고했습니다. 처음에는 전자책만 낼 계획이었으나 종이책도 같이 내기로 마음을 바꾸었습니다. 원고를 보낸 지 3일 만에 책이 출간되었습니다. 고대표가 톡으로 보내준 것을 보고 출판 소식을 알았습니다. 바로 책을 주문했습니다. 그리고 페이스북에 출간 소식을 알렸습니다.

　며칠 뒤에 집으로 책이 배달되었습니다. 책을 받아 본 순간 책을 가슴에 안았습니다. 너무 기뻤습니다. 책 앞에 처음 사인한 날을 잊을 수가 없습니다. 이렇게 작가라는 타이틀을 달게 되었습니다.

　책이 출간된 지 2달 후에 출판기념회를 가졌습니다. 현수막과 장소가 문제였습니다. 페이스북에 글을 올리니 지인들이 후원해주겠다고 했습니다. 여러 가지 후원물품을 보내준 분들도 있습니다. 정말 감사합니다. 날짜와 장소가 정해지자 포스터를 만들어 알렸습니다.

　사회는 '유스미션'에서 알게 된 SBS 전 기상캐스터 우혜진 동생이 맡아주었습니다. 우혜진 동생에게 고마움을 전합니다.

　많은 이들이 도와준 덕분에 2월 19일 출판기념회를 개최하였습니다. 행사장에 가져갈 짐이 많았기에 그날 공연할 기타리스트 로로의 차로 짐을 날랐습니다. 행사 시작 2시간 전쯤에 도착해 현수막을 걸고 마이크 체크, 의자 세팅 등 만반의 준비를 마쳤습니다. 그리고 조용히 앉아 강의 PPT를 다시 확인했습니다. 사람들이 하나둘 도착하기 시작했습니다. 좁은 장소에 사람들이 가득 찼습니다.

우혜진 동생의 사회로 행사가 시작되었습니다. 저는 감사 콘서트 때의 강의 자료를 약간 수정해서 강의했습니다. 당당하게 강의했습니다. 공연을 맡아준 기타리스트 로로, 장애인 코미디언 한기명 동생, 패널을 맡아준 곽동근 소장, 조형준 사회복지사, 이소연 대표에게 감사드립니다. 그 외에도 숨은 공로자들이 많습니다. 이분들이 아니었으면 출판기념회는 꿈도 못 꾸었을 것입니다.

"형! 유머가 훨씬 늘었어요. 좋았어요."

출판기념회가 끝난 다음 지인 동생이 해준 말입니다. 감사한 말입니다. 이 책에 실린 50인의 감사 이야기로 인해 감사로 세상을 이롭게 하는 이들이 많아지기를 기대합니다.

장애를
극복하다

제게 장애는 극복해야 할 대상이었습니다. 45년 동안 신체적인 장애뿐만 아니라 사회적인 장애도 극복하며 살아왔습니다. 장애를 고쳐보려고 온갖 병원을 다녔지만 고치지 못했습니다. 그래서 장애를 평생 지니고 살아야 할 친구로 여기게 되었습니다. 이제껏 그 친구와 희로애락을 함께해왔습니다. 장애를 친구 삼아 평생을 그 친구와 함께 살고 싶습니다.

피할 수 없다면 즐기라는 말이 있습니다. 저는 장애를 즐기고 있습니다. 그러려면 두려움을 떨쳐버려야 했기에 세상의 모든 두려움을 정면돌파해 왔습니다.

'이 세상 살아가는데 장애는 아무 문제가 안돼. 극복하는 것만이 살 길이다.'

이런 자세로 삶을 무장시켰습니다. 장애를 이겨낸 닉 부이치치처럼 멋진 삶을 살아가려는 마음과 자세가 필요했습니다. 이겨내야 했습니다. 세상은 험난하기에 장애를 극복하기 위한 만반의 준비가 필요했습니다. 하루도 가만히 있지 않았습니다. 장애를 극복하기 위해 수많은 훈련을 했습니다.

무릎이 깨져가며 피나는 연습을 했기에 이만큼 걷게 되었습니다. 독한 마음으로 걷기 연습을 했습니다. 제게 '극복'이라는 단어는 '인내'라는 단어로 대체될 수 있습니다. 수많은 역경이 닥쳐와도 인내하며 견뎠습니다. 12년간의 대학생활, 매번 이어지는 비정규직 순환, 헤아릴 수 없는 취업 실패…. 숱한 난관 속에서도 인내를 가지고 도전해왔습니다.

요즘도 계속 입사지원서를 제출하고 있습니다. 돌아오는 답변은 한결같이 '불합격'입니다. 그래도 매주 2~3군데 지원서를 내고 있습니다. '언젠가는 되겠지' 하는 희망으로 내고 있습니다. 안되어도 괜찮습니다. 작은 규모이지만 지금 하고 있는 꽃판매 사업이 있고, 장애를 극복하며 살아온 삶에 대한 책도 계속 출간할 계획입니다.

장애는 사회적인 편견을 극복하게 해주었습니다. 아직도 우리 대한민국은 장애인에 대한 편견이 심합니다. 이런 사회적인 편견은 제게는 극복해야 할 대상입니다. 장애인을 바라보는 왜곡된 시선, 중증장애인의 채용을 거부하는 세태, 장애인 정책과 제도의 미비 등이 바뀌지 않으면 사회적인 편견은 사라지지 않을 것입니다.

어렸을 적에 동네 아이들로부터 따돌림을 받은 적이 있습니다. 그때는 '극복'이라는 단어를 몰랐습니다. 점점 자라면서 '이 정도 장애는 극복하면 돼. 비장애인의 시선에 동요되지 말자'는 생각이 마음속에 자리 잡았습니다. 때로는 잘못된 태도와 시선에 "그런 시선으로 바라보지 마세요" 하며 당당히 맞섰습니다.

장애를 극복하기 위해서는 피나는 노력이 필요했습니다. 비장애인과 어울리며 제가 살아가는 모습을 통해 장애인에 대한 인식이 전환되기를 희망했습니다. 사회적인 편견이 어서 빨리 사라졌으면 싶습니다.

저는 꾸준한 발음 연습과 걷기 연습, 운동을 통해 장애를 극복했습니다. 이런 노력이 아니었다면 현재의 저는 상상할 수가 없습니다. 이런 습관이 제게는 '소확행'입니다. 습관이 된 매일매일의 노력을 통해 참된 행복을 찾습니다.

가끔씩 가는 등산도 장애를 극복하기 위한 장치입니다. 처음에는 등산이 무척 버거웠습니다.

"진행씨, 마지막까지 완주해서 장애를 극복해봐요."

소백산 산행에서 같이 동행한 이들의 응원은 장애를 극복하는 데 큰 힘이 되었습니다. 함께하면 장애도 극복할 수 있겠구나 하는 새로운 깨달음을 주었습니다.

장애 극복은 제게는 살아갈 무기를 장착하는 것입니다. 혼자 살아가기 위해서는 반드시 장애를 극복해야 합니다. 장애는 산과 같은 존재였습니다. 지금은 산과 같은 장애를 매일매일의 소소한 행복함으로 극복하고 있습니다.

45년 동안 장애로 인한 많은 고초가 있었습니다. 하지만 장애를 극복하며 잘 살아왔습니다. 만나는 사람마다 이렇게 말해주니 살맛이 납니다.

"진행씨가 장애를 극복하며 살아가는 모습을 보면 내가 가진 삶의 문제는 아무것도 아님을 알게 돼요. 너무 고마워요. 우리 같이 힘내서 살아가요."

그렇습니다. 앞으로도 제 삶에는 많은 장애가 있을 것입니다. 그럴 때마다 '이까짓 장애쯤이야' 하며 멋지게 이겨낼 것입니다. 맞습니다. 저는 장애를 극복한 사람입니다. 그래서 행복한 사람입니다. 장애를 친구 삼아 즐기며 살아가렵니다.

내 이름은 이진행,
앞으로 진행

제 이름은 이진행입니다. 보배 진珍, 다닐 행行을 씁니다. 보배롭게 다니면서 행동하라는 의미로 아버지께서 지어 주었습니다. 이름대로 보배롭게 다니면서 행동했는지는 모르겠지만 그리 살려고 노력했습니다. 항상 앞으로 진행하며 포기하지 않고 살아왔습니다. 제 이름을 거꾸로 하면 '행진'입니다. 걷게 되는 순간부터 행진을 멈추지 않았습니다. 이름이 저를 움직이게 했고, 어떤 상황 속에서도 행진하게 해 주었습니다.

이름과 관련한 일화가 있습니다. 중학교 입학하기 전에 영수학원을 다녔습니다. 초등학교 마지막 방학 동안이었습니다. 알파벳부터 기본영어를 배웠습니다. 중학교에 입학하고 첫 시험을 보았습니다. 방학 때 미리 영어공부를 시작한 효과가 나타났습니다. 100점을 맞은 것입니다. 학원에 가서 선생님께 말했습니다.

"선생님, 저 영어 100점 맞았어요!"

"진짜? 에이 거짓말이지?"

선생님은 제 말을 거짓말로 받아들였습니다. 시험지를 보여드렸습니다. 선생님은 믿기지 않는 듯이 안경을 썼다 벗었다 하면서 시험지를 몇 번이나 들여다보았습니다.

"봐요. 진짜죠?"

"와! 진짜네. 진행이 장하다! 잘했어!"

그제야 선생님은 인정하며 제 머리를 쓰다듬어주셨습니다. 겨울방학 동안 열심히 노력한 보람을 맛보았습니다. 그 후로도 100점은 아니어도 영어 공부를 제법 잘한 편이었습니다.

영어문법에 '현재진행형'이 있다는 것을 모두들 알 것입니다. 중고등학교 때 학교에 가면 저를 '진행'이라고 부르는 사람은 없었습니다. 집에서만 '진행'이라는 이름을 들을 수 있었습니다. 친구들과 선생님은 이렇게 불렀습니다.

"잉, 잉"

영어 문법의 '현재진행형' 때문입니다. 제 별명은 'ing (잉)'이 되었습니다. 제가 지나가면 친구들은 항상 별명을 불렀습니다. 그 별명이 싫지 않았습니다. 아직도 어릴 적 친구들을 만나면 이렇게 말하곤 합니다.

"잉, 오랜만이네. 잘 지냈어?"

오랜만에 듣는데도 친근하게 들렸습니다. 그렇습니다. 저는 ING입니다. 과거에도, 미래에도, 현재도 ING할 것입니다. 힘들고 버거워도 항상 ING할 것입니다. 혹여 가다가 넘어지더라도 일어나서 다시 ING할 것입니다. 실패하더라도 실패를 디딤돌 삼아 항상 ING할 것입니다. 제 이름이 좋습니다. 자랑스럽습니다.

언제나 행진합니다. 소백산에 등산 갔을 때의 일입니다. 그때도 이름대로 앞으로 '진행'했습니다. 중간중간 충분한 휴식을 취하지 않고 1분 정도 쉬고 나면 바로 행진했습니다. 같이 동행한 산악회 회원이 저를 보면서 이렇게 말했습니다.

"진행아, 쉴 때 충분히 쉬어야 마지막에 안 지친다."

그 말을 한쪽 귀로 넘겨버렸습니다. 조금만 쉬고 바로 행진을 감행했습니다. 결국 목적지를 얼마 앞두고 넘어졌습니다. 무릎이 조금 깨졌습니다. 후회가 밀려왔습니다.

"인생은 등산 같은 거야. 가다가 지치면 쉬면서 산에 오르듯이 인생도 가다가 지치면 쉬어가야 되는 거야. 너무 급하게 가면 다쳐."

같이 산에 다니던 다른 지인의 말입니다. 그 말 속에서 교훈을 얻었습니다. 쉬지 않고 진행만 하면 위험하다는 것을 깨달았습니다. 그 후로 산행을 할 때는 중간중간 쉬어가며 산에 올랐습니다. 항상 GO, ING하면 위험합니다. 주위 풍경도 둘러보며 쉬엄쉬엄 산에 올라야 하듯이 인생도 쉬어가면서 가야 한다는 지혜를 배웠습니다.

요즘은 이름대로 앞으로 진행하면서도 숨을 고르며 나아갑니다. 취업이 안되어 조급한 마음으로 지낸 적이 수없이 많습니다. 그럴 때마다 스스로 되새깁니다.

'진행아, 조급한 마음 내려놓고 네 이름대로 매일 한 걸음씩 행진해봐!'

등산할 때 항상 가방을 무겁게 하고 갔습니다. 같이 산에 다니는 사진작가 강희갑 형님이 아무 말 없이 제 가방을 가져다 자신의 가방 위에 걸쳐 메는 것이었습니다. 미안했습니다. 형님은 말은 안했지만 이렇게 말하고 싶었을 것입니다.

'진행아, 등산할 때에는 짐을 가볍게 하고 오렴.'

형님은 제 가방을 대신 메고 묵묵히 산길을 갔습니다. 저는 매번 잊어버립니다. 짐을 가볍게 해야지 하면서도 이것저것 챙겨 넣습니다. 행진할 때는 짐을 가볍게 해야 한다는 깨달음을 얻었습니다. 생각도 가볍게 하면서 앞으로 나가야 합니다. 긍정적안 생각으로 제 삶을 진행해갈 것입니다.

오르락내리락하는 것이 인생입니다. 항상 좋은 날만 있는 것은 아닙니다. 그럴 때마다 좌절하지 않고 이름대로 앞으로 GO, 앞으로 ING, 앞으로 행진할 것입니다. 잠깐 쉬어 갈지언정 주저앉지 않고 앞으로 행진할 것입니다. 주위의 아름다운 풍경을 보며 좋은 사람들과 함께하는 풍성한 삶을 위해 저 이진행은 한결같은 마음으로 앞으로 나아갈 것입니다.

도전하는 자의
승리

도전은 아름답습니다. 도전은 때로는 힘듭니다. 힘든 고비를 견디고 나면 즐겁고 흥분을 불러일으키는 것이 도전입니다. 이제까지 살아온 저의 삶은 도전의 연속이었습니다. 도전을 멈추지 않았습니다. 처음에는 견뎌야 한다는 마음으로 도전했습니다. 차츰 평생에 걸쳐 도전해야 한다는 것을 알았습니다. 도전은 인내가 필요합니다. 끝까지 인내하는 자가 승리합니다.

지금도 매일 도전하고 있습니다. 발음 연습과 운동은 하루도 거르지 않고 지속하는 일상의 도전입니다. 발음 연습은 자신과의 싸움입니다. 그 싸움을 매일 해나감으로써 조금씩 승리를 맛보고 있습니다.

발음 연습을 도전목표로 올려놓고 연습한 영상을 페이

스북에 올렸습니다. 친구들이 힘과 용기를 불어넣어주었습니다.

'진행 선생님, 할 수 있으리라 믿습니다.'

'진행아, 넌 승리할 거야.'

'진행아, 발음이 좋아지리라 믿는다.'

이런 긍정적인 격려가 도전하고자 하는 욕구와 의지를 불태워주었습니다. 그렇습니다. 말 한마디가 주는 힘은 상상을 뛰어넘었습니다.

한동안 매주 1~2회 나가 운동하던 스타트레인에서 왕복 10m 걷기대회에 나간 적이 있습니다. 스타트레인에 모여 대회가 열리는 장소로 갔습니다. 정주호 대표, 직원들, 스타트레인 회원들과 함께 걸었습니다. 말이 쉽지 왕복 10m를 걷는 것도 제게는 도전이었습니다. 처음에는 별 생각 없이 동행한 이들과 함께 걸었습니다. 같이 동행한 이들과 다른 참가자들이 저를 향해 파이팅을 외쳤습니다.

"아자아자!"

"끝까지 완주해요!"

이 같은 응원이 저를 걷게 했습니다. 함께 손을 잡고 결승지점을 통과했습니다. 저 혼자의 승리가 아니었습니다. 같이 동행한 이들과의 합작품이었습니다. 도전은 마지막까지

가봐야 그 맛을 안다는 것을 걷기 대회에서 절감했습니다. 멈추지 않으면 됩니다.

'발달장애인과 함께 하는 희망일출산행'을 다녀온 것도 제게는 도전이었습니다. 발달장애인들도 거뜬히 올라가는 산인데 저라고 못 올라갈 리 없다고 용기를 냈습니다. 마지막까지 완주한 것은 저 이진행의 인간승리였습니다. 이런 작은 승리가 모여 세상을 살아가는 희망이 될 수 있으리라고 믿습니다.

작년 여름에 기독교 청년 아카데미에서 주최한 모임에 다녀왔습니다. 제주도에서 모임이 열렸습니다. 송악산 등반을 했습니다. 송악산은 계단이 많아 많은 인내가 요구되었습니다. 가다가 쉬고를 반복했습니다. 중간에 넘어지기도 했습니다. 그럴 때마다 스스로를 다독였습니다.

'진행아, 너 충분히 마지막까지 올라갈 수 있어.'

'한번 해보자!'

'너는 소백산을 등산한 사람이야.'

'이 정도는 아무것도 아니잖아.'

내면의 목소리에 힘을 얻어 마지막까지 완주할 수 있었습니다. 동행한 목사님과 교회 지체들 또한 힘을 실어주었습니다.

"진행 형제 잘 걷네."

"천천히 가다보면 정상에 오를 거야. 마지막까지 가는 거야."

도전이 주는 선물은 무궁무진합니다. 할 수 있다는 자신감을 줍니다. 제법 많은 도전을 하며 살아온 것 같습니다. 고난이 있을 때마다 좌절하지 않고 계속 도전하자는 마음을 먹었습니다. 칠전팔기의 정신으로 기도하면서 살아왔습니다. 아무리 힘들어도 도전하는 삶은 그 역경 속에서 진주를 발견하게 됩니다.

소소한 행복을 가져다주는 것이 도전입니다. 매일 소소하게 도전하다 보면 성장해가는 모습을 발견합니다. 앞으로 도전을 많이 하려고 합니다. 세계여행도 다녀오고 싶습니다. 세계 최고의 강연가가 되는 도전도 꿈꾸어봅니다.

개인적으로 닉 부이치치를 좋아합니다. 닉 부이치치는 도전을 멈추지 않는 사람입니다. 닉 부이치치처럼 하지 못하라는 법은 없지 않을까요? 그를 뛰어넘고 싶습니다. 아니 뛰어넘는 모습을 보여 드리겠습니다. 앞으로 될 일을 현재형으로 적으면 이루어진다는 것을 배웠습니다. 하고 싶은 도전은 꼭 이룰 것입니다.

처음에는 도전이 두려웠습니다. 지금은 도전을 즐깁니

다. 동강 래프팅에도 도전했습니다. 처음에는 무서웠습니다. 즐겨야겠다는 마음이 드는 순간 두려움이 사라졌습니다. 파도를 즐겼습니다. 인생의 파도도 즐기려 합니다.

인생은
진행형

첫 해외여행

개인적인 첫 해외여행은 2005년 중국 상해에 간 것이었습니다. 코스타 집회(유학생을 위한 신앙집회)에 참석했습니다. 해외여행이라기보다는 해외사역이었습니다. 유스미션 간사를 맡고 있을 때의 일이었습니다.

처음 가는 해외여행이라서 긴장을 많이 했습니다. 비행기 기내식을 급하게 먹는 바람에 상해에 도착하자마자 화장실로 달려가 구토하는 홍역을 치렀습니다. 소화제를 먹고 푹 잤지만 첫날 저녁 집회는 참석을 못했습니다.

상해임시정부 청사를 방문했을 때는 흐르는 눈물을 멈출 수가 없었습니다. 독립운동가들의 숨결을 느낄 수 있었습니다. 백범 김구 선생님의 집무실을 보고 마음이 뜨거워졌습니다. 그 자리에 김구 선생님이 계시는 것 같았습니다. 대한

민국의 독립을 위해서 헌신한 마음을 청사 곳곳에서 느낄 수 있었습니다.

본격적인 해외여행은 2016년의 꼴통투어였습니다. 꼴통투어는 신창연 형님, 이영석 형님, 오종철 형님 세 분의 멘토와 함께한 여행을 가리킵니다. 2016년 한 해 동안 일본의 규슈와 필리핀의 보라카이 두 곳을 다녀왔습니다. 낮에는 여행을 다니고 밤에는 세 분의 멘토와 이야기를 나누었습니다. 세 분과의 대화는 정말 값진 시간이었습니다.

일찍부터 일본 여행을 꼭 가보고 싶었습니다. 2016년 1월 KTX를 타고 부산으로 갔습니다. 부산국제여객터미널에서 배를 타고 후쿠오카로 가는 코스였기 때문입니다. 여객터미널에 도착하니 여행일정을 함께할 일행이 기다리고 있었습니다. 처음 보는 사람도 있고 안면이 익은 사람도 있었습니다.

출국수속을 밟고 배에 탑승했습니다. 배는 저녁 8시에 출항했습니다. 저녁식사 후부터 일정이 시작되었습니다. 첫날이라 연회장에 모여 서로 인사를 나누었습니다. 자기소개를 한 다음 레크리에이션 시간을 가졌습니다. 방에 들어가 잠을 자는데 중간중간 자주 깼습니다. 파도가 심했기 때문입니다.

다음날 아침 8시에 일본에 도착했습니다. 후쿠오카는 일본의 남쪽에 위치한 따뜻한 도시라고 들었습니다. 그런데 도착하자 눈이 내리기 시작했습니다. 기다리고 있던 버스를 타고 하우스텐보스로 행했습니다. 갑작스레 눈이 내려 버스에서만 6시간 이상 있었던 것 같습니다.

하우스텐보스에 도착해 방을 배정하는데 일행 중 한 사람이 제게 방을 같이 쓰자고 했습니다.

"저랑 같이 방 써요."

"네, 좋아요."

저는 흔쾌히 동의했습니다. 룸메이트는 부산 사나이였습니다. 저보다 2살 위의 형이었습니다. 자연스럽게 형과 동생 사이가 되었습니다. 같이 방을 쓰는 동안 친해져서 지금도 가끔 통화를 합니다.

저의 일본어 실력은 중상위권에 속합니다. 물건을 구입하는데 전혀 지장이 없었습니다. 일본어로 간단한 대화가 가능함을 알았습니다. 어눌한 일본어 말투인데도 일본인들이 알아들었습니다. 자신감이 생겼습니다.

일본에서의 추억은 잊을 수가 없습니다. 여행에서 돌아온 다음에도 같이 여행 간 사람들은 자주 만났습니다. 좋은 사람들을 통해 인생을 배운 귀한 시간이었습니다.

그해 7월에 꼴통투어를 또 가게 됩니다. 여행지는 필리핀의 보라카이였습니다. 아침 6시에 미팅을 한다고 해서 새벽 4시에 장애인 콜택시를 예약해 타고 인천국제공항으로 향했습니다. 너무 일찍 도착해 한 바퀴 돌면서 공항 투어를 했습니다. 그러는 동안 1월의 일본 여행을 함께한 지인들이 하나둘 도착했습니다.

입국 수속을 마치고 비행기를 탔습니다. 목적지인 필리핀 칼리브 공항까지는 4시간 20분이 걸렸습니다. 칼리브 공항은 규모가 작았습니다. 꼭 제 고향 오수의 버스터미널이 연상되었습니다.

보라카이를 가려면 카피골란 선착장까지 버스를 타고 가야 했습니다. 버스로 이동하는 동안 필리핀의 모습을 볼 수 있었습니다. 필리핀의 주요 교통수단인 트라이시클도 볼 수 있었습니다. 학교가 많이 눈에 띄는 게 인상 깊었습니다. 유난히 학교가 많아 보여 필리핀의 교육상황은 어떤지 궁금했습니다. 가는 길이 꼬불꼬불했습니다. 멀미가 날 지경이었습니다. 2시간쯤 후에 선착장에 도착했습니다. 배를 타려고 기다리는 관광객으로 붐볐습니다. 구명조끼를 착용하고 배에 탔습니다. 드디어 보라카이에 도착했습니다.

숙소에 들어서니 파도타기를 할 수 있는 풀장이 보였

습니다. 방을 배정 받았습니다. 룸메이트는 비행기 안에서 옆자리에 앉았던 황형원 동생이었습니다. 형원이와도 편한 형, 동생 사이가 되었습니다. 여행 내내 동행했습니다. 보라카이에서도 낮에는 여행, 밤에는 멘토와 대화시간을 가졌습니다.

둘째 날이 밝았습니다. 낮에는 자유시간이라서 바닷가로 향했습니다. 보라카이 바다는 정말 맑았습니다. 물고기가 보일 정도로 맑았습니다. 트라이시클을 타고 번화가로 나가 안마도 받았습니다. 밤에는 바닷가에서 열리는 필리핀 전통 음악 공연을 관람하였습니다. 저는 바닷가에서 넘어지는 바람에 다리에 긁힘 자국이 생겼습니다. 그래서 하고 싶었던 레저도 못 즐겼습니다. 아쉬웠지만 여행으로 얻은 것이 많아서 만족했습니다. 여행을 같이 온 분들의 지혜와 사랑을 배웠습니다.

꼴통투어는 영석 형님과 종철 형님이 '꼴통쇼'라는 프로그램을 하다가 신창연 형님이 꼴통마스터로 출연한 것이 계기가 되어 분기마다 함께 다닌 여행입니다. 꼴통투어는 좋은 사람들을 만나게 해주었습니다. 넓은 세상을 볼 수 있는 안목을 가져다주었습니다.

매일 배우며
행동한다

삶 속에서, 사람을 통해, 책을 통해 우리는 새로운 것을 배웁니다. 배웠으면 실천해야 합니다. 행동이 뒤따르지 않는 배움은 헛된 배움입니다. 저는 배우면 바로 실행에 옮깁니다. 내 것으로 만드는 습관이 형성되어 있습니다. 배우며 행동하면 습관으로 형성됩니다.

매일 운동하고 발음을 연습하는 것도 다른 사람의 모습을 보고 바로 실행에 옮긴 것입니다. 제가 알고 있는 장애인 친구가 있습니다. 그 친구를 처음 만났을 때 도저히 말을 알아들을 수가 없었습니다. 그런데 몇 년 후에는 그 친구의 말이 분명하게 들렸습니다. 그에게 물었습니다.

"와! 이제는 알아들을 수 있는 발음이네. 어떻게 된 거야?"

"이거 연습해서 이렇게 된 거야. 너도 나처럼 될 수 있어. 연습하면 불가능이 없지."

그 말에 자극을 받아서 그날부터 발음 연습을 시작했습니다. 그 친구에게서 배운 것을 행동으로 옮겼습니다.

행동하지 않으면 아무것도 시작할 수 없습니다. 먼저 움직여야 시작할 수 있습니다. 발음 연습도, 운동도, 독서도 마찬가지입니다. 움직였기 때문에 그 모든 것이 가능했습니다. 행동해야 합니다. 행동하면 시작할 수 있습니다.

제가 존경하는 사람은 닉 부이치치입니다. 닉 부이치치가 한 주옥 같은 말은 많은 가르침을 주었습니다. 닉 부이치치의 말은 저를 움직이게 했습니다.

"실패는 고통을 준다. 실패할 때마다 무언가 배우고 강해진다."

닉 부이치치의 이 말은 실패할 때마다 힘을 주는 말입니다. 실패는 고통을 줍니다. 하지만 좌절하지 말고 그 실패를 통해 배우고 강해져야 합니다. 저는 정말 실패가 많은 인생을 살아왔습니다. 의기소침해지고 '난 안돼. 계속 실패할 거야' 하면서 좌절을 많이 했습니다. 그럴 때마다 닉 부이치치의 말은 좋은 자극제가 되었습니다.

'그래, 이까짓 실패는 아무것도 아니야. 실패를 통해 배

우는 것이 중요하지.'

이렇게 스스로를 위로하면서 다시 일어섰습니다. 다시 일어서서 배운 것을 실행하였습니다. 그러면서 고통을 준 실패를 이겨나갈 수 있었습니다.

책을 통해서, 사람을 통해서도 많이 배웠습니다. 제가 존경하는 인물은 많습니다. 그 가운데 지금도 저의 삶을 움직이게 하는 인물이 있습니다. 한국의 슈바이처인 장기려 박사님입니다. 유스미션에서 사역하면서 장기려 박사님의 이야기를 알게 되었습니다. 장기려 박사님의 삶은 제게 귀감이 되었습니다. 저를 근면하게 해주고 성실히 행동하는 데 원동력이 되어주었습니다.

장기려 박사님의 이야기는 유명합니다. 병원비가 없는 환자에게 간호사 몰래 뒷문으로 도망하게 한 이야기는 유명합니다. 자신도 풍족하지 않았음에도 불구하고 가난한 환자에게서 병원비를 받지 않았다는 일화를 듣고, 삶이 풍족하지 않아도 꿋꿋하게 살아야겠다는 다짐을 하였습니다. 장기려 박사님이 하신 말이 있습니다.

"인생의 승리는 사랑하는 자에게 있다. 사랑 받지 못한다고 슬퍼하지 말라."

사랑하는 자가 승리한다고 합니다. 다른 사람에게서 마

음의 상처를 입고 관계가 나빠진 일도 있었습니다. '인생의 승리는 사랑하는 자에게 있다'는 장기려 박사님의 말은 저를 부끄럽게 했습니다. 상처를 준 사람을 미워한 제 행동이 후회되었습니다. 사람은 미워하지 말아야 했습니다. 남들이 저를 인정해주지 않고, 또 남에게 사랑 받지 못한다고 슬퍼하지 않기로 했습니다. 가진 것이 없어도 마음부자가 되기로 했습니다.

사람들과 대화할 때 들을 자세가 되어 있어야 한다고 새록새록 느낍니다. 듣다가 감명 받은 말이 있으면 그 말을 나의 것으로 만들어야 합니다. 언젠가 친한 형이 말했습니다.

"진행아, 인생은 소풍이야. 소풍을 온 것처럼 매일매일 가볍게 살아!"

처음에는 지나가는 말로 들었습니다. 지나가는 말도 삶에 도움이 된다는 것을 알았습니다. 삶이 힘들고 지칠 때 '그래, 소풍 온 것처럼 매일매일 가벼운 마음으로 신나게 살자' 하고 생각하니 마음이 홀가분해졌습니다.

우리는 매일 배우며 행동해야 합니다. 작은 것이라도 배우며 행동해야 합니다. 더 나아가 배운 것을 나눌 수 있어야 합니다. 그러면 더 기쁘지 않을까요? 저는 배운 것을 행동으로 옮기고, 더 나아가 다른 사람과 나눌 계획을 가지고 있습니다. 꿈을 꿉니다. 배운 것을 나눌 수 있는 날이 오기를 바라며 꿈을 꿉니다. 그날을 위해 매일매일 배우며 행동합니다.

5 —
아무것도
날 막지 못한다

정신이 아파야
장애인입니다

심리적인 우울증으로 마음이 아픈 사람이 많습니다. 지체장애인, 뇌병변장애인, 청각장애인, 발달장애인처럼 신체장애를 가진 이들을 통상 장애인이라고 부릅니다. 하지만 마음이 아픈 이들이야말로 장애인 아닐까요?

장애가 없는 사람 중에도 마음이 아픈 이들이 많습니다. 작년에 발달장애인들과 지리산 노고단 산행을 다녀왔습니다. 제가 본 발달장애인들은 마음이 아파 보이지 않았습니다. 정신적인 발달이 정상적으로 이루어지지 않은 것뿐입니다. 소통해보면 그들의 생각이 얼마나 열려 있는지 알 수 있습니다. 그들은 마음이 아픈 것이 아닙니다.

다른 사람에게 마음의 상처를 주는 이들이 있습니다. 자신의 마음이 아프기 때문에 다른 사람에게 상처를 주는 것입니다. 이들이야말로 장애인이 아닐까요? 경제적으로 힘들다고 합니다. 살기 힘들다고 합니다. 저 역시 한때 신세한탄을 많이 했습니다. 요즘은 그런 생각에서 벗어났습니다. 자연스레 이런 마음을 가지게 되었습니다.

'나는 몸이 불편할 뿐이지, 마음까지 불편한 건 아니야. 마음을 불편하게 하는 부정적인 생각을 버리자.'

얼마나 부정적인 생각을 하는 사람들이 많은가요? 부정적인 마음으로 사는 이들도 마음이 아픈 것 아닐까요? 부정적으로 보고 생각하니 마음이 공허해지고 점점 부정적인 사람이 되어가는 것입니다. 마음 장애입니다. 마음에 장애를 가진 이들이 늘어나고 있습니다.

한동안 참 힘들 때가 있었습니다. 세상이 원망스럽기도 했습니다. 그러던 중 불현듯 이런 생각이 들었습니다.

'내 삶이 힘들어도 감사하는 삶을 살자! 그래 감사하는 거야.'

거짓말처럼 마음에 평화가 찾아왔습니다. 그 후 몸이 불편해 어려움을 겪는 일은 많아도 마음이 아파서 어려움을 겪는 일은 줄어들었습니다.

세상과 등지고 사는 이들이 많습니다. TV를 켜면 온갖 일로 마음이 아파 고생하는 사람들 이야기로 가득합니다. 다른 이들의 마음을 아프게 하는 사람을 불쌍히 여겨야 합니다. 그들은 몸이 아니라 마음이 아픈 이들입니다.

 분노를 참지 못하는 이들도 있습니다. 분노조절장애를 가지고 사는 이들입니다. 화가 나는 상황에서 분노를 통제하거나 조절하는 데 어려움을 겪는 사람들입니다. 마음이 아픈 이들입니다. 분노가 쌓이면 마음까지 다치게 됩니다. 저도 간혹 화를 내곤 합니다. 하지만 그 화를 오래 끌고 가지 않습니다. 화를 지속하면 제 마음만 다친다는 것을 알았습니다. 화를 풀 방법을 찾아야 합니다. 화를 계속 안고 살다가는 우울증에 이를지도 모릅니다. 결국에는 마음에 장애를 입게 됩니다.

 얼마 전까지는 제게 상처를 준 사람들을 마음속에서 지워버렸습니다. 더 이상 그 사람에게 집착하지 않으려 했습니다. 그런데 지금은 생각이 바뀌었습니다. 상처를 준 사람과 언젠가 다시 만날 수 있습니다. 그래서 시일이 걸릴지라도 가급적이면 그런 사람과도 좋은 관계를 회복하려 노력합니다.

 감사하는 마음, 기뻐하는 마음을 가지게 되면 마음의 장애를 이겨낼 수 있지 않을까요? 마음이 아프다고 집에만 있는 것은 마음의 병을 더 키우는 일입니다. 적극적으로 좋은 사람을 만나 이야기를 나누어야 합니다. 만약 제가 마음까지 아팠더라면 세상을 어떻게 살았을지 생각만 해도 끔찍합니다.

마음을 나눌 수 있는 친한 친구 한 명쯤은 있어야 합니다. 활력을 주는 모임에 나가는 것도 좋습니다. 열심히 사는 사람들의 활발한 모습을 보게 되면 부정적인 감정에서 벗어나게 됩니다. 마음의 장애를 극복하기 위해서는 타인들과 함께 어울려야 합니다.

제가 자주 나가는 공감 클래스라는 모임이 있습니다. 그 모임은 어른들은 위한 관계학교입니다. 공감 클래스에 나가면 공감을 많이 받고 옵니다. 어른들은 공감을 받을 만한 곳이 마땅히 없습니다. 모임에 나가 이런저런 이야기를 나누다 보면 공감 에너지가 채워집니다. 이런 곳에서는 마음에 장애가 생길 수 없습니다.

흔히들 회사 동료들 사이에서, 상사와 부하 관계에서 우리는 마음에 장애를 입게 됩니다. 모두 그런 세상에서 살고 있습니다. 다니던 직장을 관계가 어려워져 그만둔 일이 있습니다.

"조금만 견디며 다니지."

주위 사람들의 말은 전혀 힘이 되지 않았습니다. 위로도 되지 않았습니다. 그때는 이야기를 들어줄 사람이 필요했습니다. 감사한 것은 모든 일을 마무리하고 나온 것입니다. 직장을 그만두고 일본 규슈 여행을 다녀왔습니다. 여행에서 멘토와 이야기하면서 치유의 실마리를 찾았습니다.

마음에 상처를 입어 삶을 포기하는 이들이 없기를 간절히 바랍니다. 유명 연예인들이 삶을 일찍 마감하는 것을 안타깝게 생각합니다. 그들의 이야기를 들어줄 사람이 하나만 있었어도 그런 일은 일어나지 않았을 것입니다.

그렇습니다. 자신의 이야기를 들어줄 단 한 사람만 있으면 마음에 장애를 지니고 살지 않을 것입니다. 저부터 남의 이야기를 들어주는 단 한 사람이 되려 합니다. 신체장애가 있어도 긍정적인 마음으로 밝게 살아가는 신체장애인들을 떠올려봅시다. 그러면 생각이 바뀔 것입니다!

세상 모든 장애인에게 말씀드립니다. 여러분은 몸에만 장애가 있을 뿐입니다. 웃는 얼굴로 당당하게 세상을 향해 나아가십시오. 여러분은 마음 장애인이 아닙니다.

사업을
시작하다

인생 제2막을 열고 싶었습니다. 축구를 비롯한 구기 종목을 보면 중간에 꼭 하프타임을 가집니다. 선수에게 하프타임은 중요합니다. 하프타임 때 제대로 된 후반전을 준비하지 못하면 그 후반전은 보나마나입니다. 마찬가지로 인생에도 하프타임이 필요합니다. 인생 하프타임은 길기고 하고 짧기도 합니다. 사람마다 다릅니다.

저의 경우는 하프타임이 길었습니다. 긴 하프타임 동안 이것저것을 준비했습니다. 취업 준비도 하고 앞으로 살아나가는 데 필요한 무기도 갈고 닦았습니다. 그러던 중 지인인 서정민 누나에게서 뜻밖의 제안을 받게 됩니다. 서정민 누나는 행복한 마술학교 교감 선생님을 하고 있었습니다. 마술학교에서 알고 지내면서 정민 누나와 누나 동생 사이가 되었습니다. 어느 날 정민 누나가 전화를 걸어왔습니다.

"진행아, 너 꽃판매사업 한번 해볼래?"

"네? 꽃판매요?"

꽃판매를 하려면 가게가 필요하지 않은가 하는 의문이 들었습니다.

"너에게 좋을 것 같아 추천하는 거니 일단 듣고 판단해."

정민 누나는 역삼역 근처의 무점포 꽃판매사업 사업설명회장으로 저를 데려갔습니다. 같이 강의를 들었습니다. 들어보니 괜찮은 사업인 것 같았습니다.

누나의 도움을 받아 사업에 뛰어들었습니다. 홈페이지와 전화번호가 나오자마자 페이스북 홍보작전에 들어갔습니다. 2016년 9월의 일이었습니다. 첫 달은 수입이 적었습니다. 다음 달의 수입은 더 많아졌습니다. 하지만 그뿐이었습니다. 지인들의 입소문으로 몇 달간 평균을 유지하다가 언젠가부터 안되기 시작했습니다. 안된다는 부정적인 마음을 버리고 마케팅에 힘을 쏟기로 마음먹었습니다. 사람들을 만나 명함을 돌리며 말했습니다.

"행진플라워 많은 이용 바랍니다."

'행진플라워'는 제가 정한 이름입니다. 정식 이름은 '이진행 플라워'이지만, 저는 행진플라워로 홍보를 하고 있습니다. '행진'이라는 이름이 좋아서였습니다.

꽃판매 초기에 실수로 고객을 잃은 적이 있습니다. 꽃을 자주 주문해주는 고객이 있었습니다. 의사소통이 잘 안 되는 바람에 그 고객은 주문을 끊었습니다. 콜센터와의 소통 문제였는데 제게 불만제기를 했던 것입니다. 붙잡고 싶었습니다. 하지만 그 고객은 이미 마음이 떠난 상태였습니다. 마음이 떠난 고객을 붙잡을 수는 없었습니다. 그 일이 있은 후부터 고객의 불만을 잘 들어주고 소통을 원활히 하려고 노력하고 있습니다.

매출을 늘리기 위한 방안이 필요했습니다. 방안을 강구하고 있던 중 공감 클래스에서 알게 된 이종섭 대표가 김형환 교수님을 소개해주었습니다. 김형환 교수님은 전부터 익히 알고 있었습니다. 이종섭 대표에게서 받은 김형환 교수님의 휴대전화로 톡을 보냈습니다. 며칠 후 교수님과 일대일 상담을 가졌습니다. 교수님은 미리 5가지 질문을 만들어 오라고 했습니다. 저의 핵심질문은 결국 다음의 것이었습니다.

"꽃판매사업 실적이 저조합니다. 실적을 높일 수 있는 방안이 있을까요?"

교수님은 한마디로 방안을 말해주었습니다.

"내가 보기엔 하는 일이 너무 많아요. 집중할 수 있는 한 가지만 하세요."

맞는 말이었습니다. 김형환 교수님은 자신이 진행하는

'1인기업 과정'을 들으러 오라고 했습니다.

지난해 10월에 김형환 교수님의 강의를 수강했습니다. 김형환 교수님을 소개해준 이종섭 대표와 함께 들었습니다. 강의를 들으러 가는 제 마음은 강의를 듣고 나면 사업을 해 가는 데 재정적으로 도움이 되겠지 하는 기대였습니다. 하지 만 1인기업 교육은 제 생각을 바꾸어놓았습니다.

'성공이 아닌 성장을 꿈꾸어라!'

5주간의 커리큘럼을 통해 재정적인 성공 전에 개인의 성장을 꿈꾸는 일이 중요하다는 것을 배웠습니다. 개인이 성 장해야 성공을 비롯한 모든 것이 뒤따라온다는 말이었습니 다. 그 후 성장을 위해 더 열심히 노력하게 되었습니다.

같이 수업 받은 동기끼리 가끔 만납니다. 만나면 서로 동기부여가 됩니다. 서로 동기부여를 주고받으면서 성장해 가고 있습니다.

저는 1인기업가입니다. 혼자 일을 한다고 해서 1인기업 은 아닙니다. 다른 이들과 협력을 해야 합니다. 꽃판매는 계 속할 것입니다. 안된다는 마음을 버리고 된다는 마음으로 나 가려 합니다. 제가 성장해야 사업도 성장한다는 생각을 배웠 습니다. 바른 생각, 바른 마음, 바른 자세로 나가려 합니다.

사람을 만나면 이렇게 자기소개를 합니다.

"걸어 다니는 꽃집, 이진행 대표입니다."

저는 걸어 다니는 꽃집입니다. 언제 어디서든 주문을 받을 수 있습니다. 성실한 마음자세로 꽃판매를 할 것입니다. 판매율이 저조한데 왜 하느냐는 어머니의 만류에도 불구하고 꽃판매 사업을 멈추지 않으렵니다.

세상 모든 장애인에게 말씀드립니다. 취업이 안된다고 좌절하지 마십시오. 무언가 할 수 있는 일을 만들어보십시오. 머물러 있으면 영원히 머물게 됩니다. 생각했으면 움직여야 합니다.

작가가 되다

글쓰기를 좋아했습니다. 어릴 적에 삐뚤삐뚤한 글씨로 무언가를 적던 생각이 납니다. 학창시절에 매일 쓴 일기도 예사롭지 않았습니다. 못 그리는 그림을 그리고 알아보지 못하는 글씨로 매일의 일상을 그려내던 그림일기도 기억이 납니다. 때로는 일기장에 시를 적을 때도 있었습니다.

초등학교 졸업을 앞두고 만든 학교 문집이 생각납니다. 반별로 시, 수필 등의 작품을 모았습니다. 저는 시를 쓰려고 마음먹었습니다. 장르를 '시'로 정해놓은 상태에서 막상 쓰려고 하니 머릿속이 하얘졌습니다. 무엇을 써야 할지 걱정이었습니다. 어떻게 어떻게 해서 시 한 편이 나왔습니다. 그 시가 문집에 실렸습니다. 제목은 〈꼬마 성가대〉였습니다.

꼬마 성가대

교회에서
예쁘게 찬양 부르는
꼬마 성가대

교회에서
즐겁게 찬양 부르는
꼬마 성가대

피아노를 치시는
선생님 손은
천사 손 같다

지휘를 하시는
선생님 손은
천사 옷자락 같다

마음 장애인은
아닙니다

당시 다니던 교회에는 꼬마 성가대가 없었습니다. 〈꼬마 성가대〉는 꼬마들로 이루어진 성가대를 상상하며 지은 시였습니다. 이 시를 읽고 교회 어르신들이 칭찬해주시던 기억이 납니다.

"진행이 시 잘 썼는데. 작가 소질이 보인다."

"앞으로 시인으로 진출해도 좋을 것 같아."

그 말에 어깨가 들썩였습니다. 마치 유명한 시인이 된 것 같은 느낌이었습니다. 그 이후로 시를 많이 썼습니다. 이사를 자주 다니는 바람에 현재는 모두 사라졌습니다. 아쉬운 마음이 가득합니다. 작가가 되고 싶다는 꿈을 마음에만 품고 있었습니다.

2019년 1월에 그동안 쓴 감사 인터뷰를 모아 책을 출간했습니다. 대단한 용기가 필요했습니다. 행동을 한 것입니다. 1인기업 동기의 도움을 받아서 책을 냈습니다. 그 책을 출간한 이후 사람들이 저를 보면 '작가님'이라고 호칭합니다. '작가'라는 호칭이 마음에 들었습니다. 첫 번째 책인《감사마스터 이진행의 ThanQ》를 출간한 뒤 제일 기뻐한 사람은 어머니였습니다. 어머니께서 기뻐하는 모습이 제게 더 큰 기쁨이 되었습니다.

한 권의 책을 출간하고 나니 제 자신의 이야기를 책으

로 내고 싶었습니다. 몇 해 전부터 원고 작업을 해오고 있었습니다. 그동안 쓰고 지우고를 반복했습니다. 확신이 들지 않았습니다.

'이러면 안된다. 뭔가 방안이 필요하다.'

지인 작가의 초대를 받아 참석한 출판기념회에서 이은대 작가를 소개받았습니다. 뒤풀이 자리에서 이은대 작가에게 글을 쓰고 있다고 말하니, 검토해볼 테니 원고를 보내달라고 하였습니다.

원고를 보내고 싶었습니다. 그런데 보내지 못했습니다. 그 후 몇 번의 망설임 끝에 연락을 드렸습니다. 이은대 작가는 반가워하며 만나자고 했습니다. 이은대 작가는 일단 글을 쓰라고 말했습니다. 수정은 퇴고할 때 하면 된다는 것이었습니다. 이은대 작가의 이야기를 듣고 난 뒤에는 글쓰기가 편해졌습니다.

써야 문장력이 는다는 것을 써보니 알겠습니다. 작가가 되고 싶은가요? 일단 쓰면서 시작하길 권합니다. 쓰기 시작하니 글쓰기에 대한 두려움이 어느새 사라졌습니다. 글을 쓰고 있으면 마음이 편안해졌습니다. 마음에 치유가 일어났습니다.

이렇게 작가의 길로 들어섰습니다. 저는 작가입니다.

작가는 글을 쓰는 사람입니다. 글을 쓰는 재미를 매일 맛보고 있습니다. 세상 사람들에게 살맛나게 하는 글, 용기를 주는 글을 진실성 있게 쓰려고 합니다. '작가 이진행'의 길을 응원해주시기 바랍니다.

세상 모든 장애인에게 말씀드립니다. 장애인들도 이제 자신들의 이야기를 세상에 글로 적어 알려야 합니다. 그 길에 함께할 수 있기를 기대합니다.

영화감독이 되다

　영화 보는 것을 좋아합니다. 제가 영화를 찍어 영화감독이 될 줄은 꿈에도 몰랐습니다. 영화제작은 도전이었습니다. 기회는 우연히 온다는 것을 영화감독이 되고서 알았습니다. 기회가 왔을 때 잡아야 합니다. 다음 기회가 언제 올지 모릅니다. 기회가 왔을 때 잡아야 합니다.

　해마다 강원도 속초에서 영화제가 열립니다. '속초국제장애인영화제'입니다. 2년 연속 영화제에 자원봉사자로 참여했습니다. 자원봉사자로 봉사하면서도 영화를 찍어보고 싶다는 생각을 못했습니다. 다른 장애인이 제작한 영화를 보며 '잘 만들었네' 하는 정도였습니다.

　자원봉사자로 활동한 것은 2017년부터였습니다. 자원봉사자로 열심히 봉사했습니다. 그러다가 2018년 영화제 작품공모 마감을 며칠 남겨놓고 속초국제장애인영화제 김태양 집행위원장에게서 한 통의 문자를 받았습니다.

"진행 형제, 이번 영화제에 작품 한번 공모해보세요. 얼마 안 남았지만 짧게 촬영하면 할 수 있을 거예요."

조금 망설이다가 알았다는 답문자를 보냈습니다.

막막했습니다. 시간이 촉박했습니다. 시나리오를 먼저 기획했습니다. 완벽한 시나리오는 아니었지만 2일 만에 완성했습니다. 새로운 장르에 도전한다는 데 의의를 두고 영화 촬영을 준비했습니다. 먼저 배우를 섭외해야 했습니다. 배우는 한 명만 있으면 됐습니다. 마침 생각이 나는 사람이 있었습니다. 장애인 코미디언 한기명 동생이었습니다. 기명이에게 전화했습니다.

"기명아, 형이 영화를 제작하는데 같이 촬영하지 않을래?"

"네, 좋아요."

기명이는 흔쾌히 승낙해주었습니다. 바로 만나 시나리오를 보여주었습니다. 기명이는 내용이 좋다며 들뜬 표정을 지었습니다. 먼저 실내촬영을 위해 장소를 섭외하였습니다. 지인 가운데 신논현역 근처에서 카페를 하는 분이 있었습니다. 무턱대고 찾아가 촬영 허가를 받았습니다. 촬영은 기명이가 아는 동생이 도와주었습니다. 드디어 촬영이 시작되었습니다. 저는 감독과 배우 두 가지 역을 맡았습니다. 감독이라서 '큐!' 사인을 외치고 곧장 연기에 들어갔습니다. NG가많이 났습니다. 그럼에도 우여곡절 끝에 실내촬영을 잘 마쳤습니다.

야외촬영은 인천 센트럴파크에서 진행했습니다. 2018년 여름은 연일 폭염이 이어졌습니다. 폭염에도 불구하고 공모마감일이 얼마 남지 않아서 촬영을 강행했습니다. 이날 촬영은 사진작가 병재가 맡아주었습니다. 무더운데다 준비가 덜된 속에서 가까스로 촬영을 마쳤습니다. 촬영을 마치고 집에 돌아오니 얼굴과 온 몸이 폭염에 타버린 상태였습니다.

문제는 그 다음에 일어났습니다. 친한 동생에게 편집을 부탁했습니다. 그 동생의 말에 맥이 빠지고 말았습니다.

"형! 제출기한까지 편집이 힘들겠어요."

결국 편집도 못하고 공모도 못했습니다.

하는 수 없이 2018년 영화제에도 자원봉사자로 가서 봉사했습니다. 중간중간에 영화관에 가서 출품영화를 관람했습니다. 다음에 또 영화를 만들게 된다면 어떻게 만들까 생각하며 영화를 보았습니다.

이제 폐막식만 남았습니다. 서울로 가는 차편이 끊길까

봐 폐막식 전에 서울로 출발하려고 영화제 관계자에게 양해의 말씀을 드렸습니다. 그랬더니 영화작품 공모를 제안했던 김태양 집행위원장이 이렇게 말하는 것이었습니다.

"폐막식 마치고 가세요. 폐막식 때 줄 게 있으니까요."

무엇을 주려는 것일까 생각하며 폐막식 자리에 앉아 있었습니다. 폐막식이 끝날 때쯤 제 이름이 호명되었습니다. 깜짝 놀랐습니다. 영화제측에서 2019년 영화제작지원비 대상자로 저를 선정하였던 것입니다. 서울로 올라오는 차안에서 이를 굳게 물었습니다.

'좋은 영화를 만들어보자.'

1년이라는 시간이 주어졌지만, 막막하기는 마찬가지였습니다. 속절없이 시간이 흘렀습니다. 일단 영화제작팀을 만들었습니다. 시나리오 기획회의를 몇 번 가졌습니다. 별 성과 없는 모임만 계속되었습니다. 마음이 급해졌습니다. 다행히도 영화제작 공모 한 달을 남겨두고 좋은 인연을 만났습니다. 독서모임에서 알게 된 임주리 대표가 영화제작에 참여해주었습니다. 임 대표는 시나리오를 보더니 너무 광범위하다며 범위를 좁히자고 제안했습니다.

그 말을 들으니 막막함은 더해갔습니다. 임주리 대표 사무실에서 며칠 후에 다시 모였습니다. 그리고 촬영장에서

아무것도
날 막지 못한다

즉흥적으로 영화를 찍기로 결정했습니다. 드디어 영화촬영을 하는 날이 되었습니다. 기존에 작성한 시나리오를 무시하고 새롭게 설정한 이야기로 촬영했습니다. 촬영은 사진 스튜디오를 운영하는 박재범 대표가 해주었습니다. 겨우 편집을 마치고 공모에 응할 수 있었습니다.

공모절차를 마친 다음 임주리 대표 사무실에서 시사회를 가졌습니다. 많은 분들이 참석해 축하해주었습니다.

공모전에는 20개 작품만 선정됩니다. 선정작품을 발표하는 날이 되었습니다. 영화제 홈페이지에 올라온 글을 봤습니다. 우리 작품은 안 보였습니다. 고생한 배우와 스태프들에게 미안했습니다. 그런데 며칠 후 영화제측에서 연락이 왔습니다. 우리 작품이 선정작으로 추가되었다는 것이었습니다.

'와우! 됐다!'

기뻤습니다. 제가 감독한 영화 〈배리어프리〉는 2019년 8월 30일 영화제가 시작하는 날 오전 11시 50분으로 상영일정이 잡혔습니다. 그래서 영화제 하루 전날에 기명이와 둘이 속초에 갔습니다.

영화제 날이 밝았습니다. 우리 영화의 상영시간에 맞춰 메가박스 속초로 갔습니다. 제가 만든 영화를 영화관의 큰 스크린으로 보다니 실감이 안 났습니다. 신기했습니다. 감독 데뷔 작품인 〈배리어프리〉가 상영되는 순간 눈에서는 눈물이 흐르고 있었습니다. 상영이 끝나고 관객과 대화의 시간을 가졌습니다. 다음 영화는 더 잘 만들어보겠다는 다짐을 하였습니다.

이렇게 영화감독으로 데뷔했습니다. 사람들은 영화제 이후 저를 '이 감독'으로 부릅니다. 장애인신문사에서 인터뷰하겠다며 찾아왔습니다. 이제 저는 영화감독입니다. 앞으로 장애인과 비장애인이 함께하는 좋은 영화를 만들고 싶습니다. 각종 영화제에도 출품할 계획입니다. 제게 영화 만들 기회를 준 분들에게 감사를 전합니다.

세상 모든 장애인에게 말씀드립니다. 자신의 이야기를 영상으로 만들어보십시오. 마음속에서 솟아나는 희열과 성취감을 느낄 수 있을 것입니다.

나에게 장애는
아무것도 아니다

한때 장애 때문에 힘들었습니다. 제게 이런 고통이 왜 생겼나 하는 생각이 마음 한구석에 자리 잡았습니다. 장애를 고쳐보려고 유명하다는 병원을 수도 없이 다녔지만, 결국 장애를 견디면서 이날까지 왔습니다. 장애 때문에 따돌림을 당하고 사람들의 이유 없는 차가운 시선을 느끼며 살아왔습니다. 하지만 그런 것은 아무것도 아님을 알게 되었습니다.

'장애는 나에게 아무것도 아니다.'

이런 마음이 들면서 더 이상 두렵지 않았습니다. 제게는 살아야 할 이유가 있습니다. 그러니 더 이상 장애는 아무것도 아닙니다. 신체적인 장애를 이겨내고 불편함 속에서도

마음 장애인은
아닙니다

마음껏 걸을 수 있게 되었습니다. 아직도 온전하지 못해 매일 발음 연습을 해야 합니다. 장애를 이겨내기 위해 매일 도전하며 하루하루를 지내고 있습니다. 도전하면서 보내는 하루는 세상 그 무엇과도 비교할 수 없습니다. 하루를 마치고 나면 몸은 피곤할지라도 마음만은 뿌듯합니다.

마음에는 장애가 없습니다. 좋은 글을 읽고, 좋은 생각을 하고, 좋은 사람과 만나니 마음에 장애가 있을 리 있겠습니까? 경제적으로 힘들어 마음까지 무너진 사람들이 많습니다. 인간관계에 상처를 입은 사람들이 많습니다. 분노심에 가득 차 있는 사람들이 많습니다. 그들에게 필요한 것은 무엇일까요? 그들은 신체적인 장애는 없습니다. 마음에 장애가 있을 뿐입니다. 마음 장애인들은 병원에 가서 주기적으로 치료받으면 나을 수 있습니다. 하지만 신체적인 장애는 의학적인 치료법이 나타나지 않는 한 고칠 수 없습니다. 평생 장애를 안고 살아야 합니다. 그럼에도 불구하고 많은 장애인들이 마음에 기쁨과 평안을 간직한 채 살아갑니다.

항상 웃으며 다니는 장애인들이 많습니다. 늘 얼굴에 미소를 머금고 지냅니다. 또한 활동적으로 살아갑니다. 생각도 긍정적으로 합니다. 제가 매달 봉사를 나가던 장애인 단체의 장애인들도 그랬습니다. 발달장애인인데도 육체적으로 힘들어하는 모습이 보일 뿐 마음으로 힘들어하는 장애는 보이지 않았습니다. 그렇습니다. 그들은 신체적인 장애를 가지고 있지만, 그 장애는 그들에게 아무것도 아니었습니다. 마음에는 장애를 가지고 있지 않기 때문입니다.

사람들은 제게 이런 말을 합니다.

"진행이는 장애가 있는 것이 전혀 안 느껴져."

처음에 이런 말을 들었을 때는 그 말을 부정하고 싶었습니다. '나 장애를 가지고 있는데' 하고 말을 하고 싶었습니다. 그러면 그들은 바로 이렇게 말합니다.

"내가 말하는 장애는 신체적인 장애를 말하는 것이 아니야. 항상 밝은 마음의 소유자라는 의미에서 장애가 있어 보이지 않는다는 거야."

산에 종종 오릅니다. 어머니도 만류하는 그 힘든 사업도 운영합니다. 일을 하고 취미활동을 하는데 장애는 아무것도 아닙니다. 장애인 중에는 정말 장애인 같지 않는 듯이 행동하는 사람이 많습니다. 닉 부이치치, 장애인 스탠드업 코미디언 한기명 등등 많은 사람이 그렇습니다. 그들은 몸에 장애가 있습니다. 하지만 장애를 안은 채 당당히 사회생활을 하고 있습니다. 그들에게도, 제게도 장애는 아무것도 아닙니다.

마음 장애인은
아닙니다

하루종일 집에 머물더라도 아무것도 하지 않는 것은 아닙니다. 어머니는 일자리를 구해보라고 합니다. 이력서를 매주 보냅니다. 그러면 이렇게 전자우편 답신이 옵니다.

"우리 회사와 함께 하지 못하게 되어 죄송합니다. 다음 기회에 봅시다."

그들은 저의 장애를 본 것입니다. 장애 너머의 저를 보지 못한 것입니다. 장애 너머의 저를 서류상에서 보았다면 장애의 경중을 떠나 면접을 보러 오라고 했을 것입니다. 안타까운 취업시장입니다. 그럼에도 저는 일자리를 알아보면서 사업을 진행할 것입니다.

장애는 저를 움직이게 합니다. 걷기 시작한 이후 한 번도 안 움직인 적이 없습니다. 장애를 이겨내기 위해 수많은 노력을 했습니다. 작게나마 매일 작은 행복을 누리며 살고 있습니다. 그 행복의 배후에는 도전하는 마음이 있습니다. 아무리 힘들어도 도전하니 행복합니다. 작가도, 영화감독도 도전이었습니다. 매일 조금씩 하니 이루어집니다. 글을 쓰면 마음에 불필요한 것이 정리됩니다. 컴퓨터 자판을 두들기는데 장애는 아무것도 아닙니다. 어떤 장애인은 입에 보조장치를 하고 자판을 두드립니다. 그들에게 장애는 아무것도 아닙니다.

세종대왕은 제가 존경하는 인물 중 한 분입니다. 세종대왕은 말년에 시각장애를 갖게 되었습니다. 눈이 보이지 않기 시작했는데도 그에게 그 같은 장애는 아무 문제가 되지 않았습니다. 신하들의 만류에도 불구하고 그는 정사를 돌보았습니다. 헬렌 켈러도 영국의 수상 처칠도 신체적인 장애를 힘들어하지 않았습니다. 그들은 장애를 아무것도 아닌 것으로 여기며 살았습니다. 처칠은 한 대학 강연에서 이런 말을 했습니다.

"절대로 절대로 절대로 포기하지 마라!"

그렇습니다. 저는 절대로 포기하지 않았습니다. 장애를 부끄러워하고 중도에 삶을 포기했다면 지금의 저는 없을 것입니다. 제게 장애는 돌파해야 할 대상입니다. 어떤 고난과 두려움이 다가온다 할지라도 당당히 뚫고 나가려 합니다.

세상 모든 장애인에게 말씀드립니다. 세상에서 부끄럽지 않은 당당한 장애인으로 서고 싶습니다. 안된다고 포기하면 안됩니다. 지피지기면 백전백승이라는 마음으로 살아가야 합니다. 장애는 아무것도 아닙니다.

마음 장애인은
아닙니다

나의 행진은
멈추지 않는다

45년 동안 인생을 살아왔습니다. 쉬어가면서 왔지만 결코 행진을 멈추지 않았습니다. 제 이름은 '이진행'입니다. 이름을 거꾸로 하면 '행진'입니다. 매일 행진합니다. 성장을 위해 행진하고, 도전을 하며 행진합니다. 저의 행진은 계속될 것입니다. 삶이 다하는 날까지 행진을 멈추지 않을 것입니다.

저에게 행진은 생명과도 같습니다. 생명을 지속하려면 매일 움직여야 합니다. 움직이지 않고 멈춰버리면 몸이 마비될 것이기 때문입니다. 전국 장애인체전에 나가기 위해 운동할 때입니다. 선배는 쉬고 있는 제게 이런 말을 했습니다.

"쉬는 것은 멈추어 있는 시간이 아니다. 쉬면서 어떻게 하면 효과적인 운동을 할지 생각해야 한다. 쉬는 것도 움직이는 것이다.”

쉰다고 심장이 멈추는가요? 쉰다고 맥박이 뛰지 않는가요? 아닙니다. 심장, 맥박은 쉬지 않고 시종일관 뛰고 있습니다. 우리가 운동을 쉬는 중에도 심장, 맥박은 움직이고 있습니다. 매일 작게나마 작은 행동을 하면서 살아 있음을 나타내야 합니다. 매일 숨을 쉬듯이 도전과 행진은 멈추면 안 됩니다. 멈추는 순간 더 이상의 성장은 일어나지 않습니다.

멈추면 성장도 멈춥니다. 행진은 삶의 원동력입니다. 저를 움직이게 한 것은 행진입니다. 그래서 제 이름이 좋습니다. 이런 좋은 이름을 지어준 하늘에 계신 아버지에게 감사를 드립니다. 'ING'라는 별명도 좋습니다. 별명대로 현재에도 미래에도 ING할 것입니다.

행진할 때 때로는 장애물도 나타납니다. 마음의 장애로 인한 장애물이 나타날 때가 있습니다. 그럴 때에는 잠시 쉬어 갑니다. 행진만 하다가 지치면 치유하기 어렵게 되는 수가 있습니다. 삶은 멈추지 않아야 하지만 마음은 쉼이 필요합니다. 지인과 만나서 속마음을 쏟아놓는 시간, 자신과의 대화시간이 필요합니다. 마음의 장애는 치유하지 않고 묵혀 두면 치명적일 일이 일어납니다. 마음의 상처에는 쉬면서 위로 받을 수 있는 하프타임이 필요합니다.

때로 쉬어가면서 이날까지 왔습니다. 인간관계의 상처는 사람을 통해 치유 받아야 합니다. 그렇습니다. 쉼이 필요하다면 혼자만의 시간도 필요하지만, 좋은 사람들과 함께하는 것도 훌륭한 쉼의 방법입니다.

제 자신의 발전을 위해서 매일 달렸습니다. 무슨 일을 맡으면 끝까지 하는 편입니다. 끝까지 하는 것이 행진입니다. 노래 중에 좋아하는 노래가 있습니다. 들국화의 〈행진〉입니다. 이 노래가 좋습니다. 가사 중에 이런 내용이 있습니다.

나의 과거는 어두웠지만
나의 과거는 힘이 들었지만
그러나 나의 과거를 사랑할 수 있다면
내가 추억의 그림을 그릴 수만 있다면
행진 행진 행진하는 거야
행진 행진 행진하는 거야
나의 미래는 항상 밝을 수는 없겠지
나의 미래는 때로는 힘이 들겠지
그러나 비가 내리면 그 비를 맞으며
눈이 내리면 두 팔을 벌릴 거야
행진 행진 행진하는 거야
행진 행진 행진하는 거야

아무것도
날 막지 못한다

그렇습니다. 저의 과거는 어두웠습니다. 힘도 들었습니다. 미래도 힘든 일이 있을 것입니다. 그럼에도 매일 행진하렵니다. 힘들면 힘든 대로, 불편하면 불편한 대로 살아나갈 것입니다.

장애 때문에 힘든 날도 있었습니다. 하지만 장애는 장애일 뿐이라는 마음을 갖게 되면서 장애를 갖고 있지 않은 마음에 집중하게 되었습니다.

'마음만은 장애가 없으면 되는 거야.'

좋은 마음, 따뜻한 마음, 정직한 마음을 소유하고 이 세상에 아름다운 마음을 가진 사람이 가득하게 하고 싶습니다. 주위를 둘러보면 마음이 따뜻한 이들이 많습니다. 가진 것이 아무것도 없는데도 항상 웃으며 다닙니다. 그들은 마음만은 장애가 없는 것입니다. 그들도 더 나은 삶을 위해서 행진합니다. 장애인들은 몸은 불편하지만 마음만은 불편하지 않습니다.

저, 이진행은 마음만은 행복한 장애인입니다. 마음에는 장애가 없습니다. 즐거운 마음, 웃음을 머금은 얼굴로 매일 나아갑니다. 즐거운 삶을 위해서, 즐거운 인생을 위해서 멈추지 않습니다.

　인생은 얼마나 움직이고 행하느냐에 따라 달라진다고 생각합니다. 즉시, 반드시, 될 때까지 포기하지 않고 행진하면 불가능한 일은 없을 것입니다. 어떠한 일도 뚫고 나갈 수 있을 것입니다.

　세상 모든 장애인에게 말씀드립니다. 우리는 신체에 장애가 있을 뿐입니다. 멈추면 안됩니다. 어떠한 걸림돌도 우리를 막을 수 없습니다. 오직 행진만이 있을 뿐입니다.

나가는 글

장애인으로 태어난 인생입니다. 지금까지 장애를 지닌 채 살아왔습니다. 하지만 마음만큼은 장애를 입히고 싶지 않았습니다. 저는 늘 도전하는 삶을 살아왔습니다. 포기하고 싶은 마음도 있었지만 온 마음을 다해서 살아보려고 노력했습니다. 이 책에는 장애인으로 살아오면서 제가 시도했던 수많은 도전이 담겨 있습니다. 이 책을 통해서 사람들에게 들려주고 싶은 이야기를 함께 나누고 싶었습니다.

첫째, 매일 조금씩 실천하는 행동 속에서 성장이 일어난다는 것입니다.

하루도 거르지 않고 반복하는 발음 연습, 운동, 독서가 제 성장의 동력이 되었습니다. 사람들이 제게 이런 말을 할 때 제일 힘이 납니다.

"발음이 훨씬 나아졌어."

"걷는 것이 자연스러워졌네."

"매일 책을 읽는 모습이 보기 좋아요. 저도 도전해야겠어요."

매일 조금씩이라도 실천하는 무엇인가가 있다면 나날의 삶이 행복할 것입니다. '작가가 되고 싶어요' 하면서 매일 글을 쓰지 않는다면 작가는 될 수 없습니다.

둘째, 자신이 왜 사는지 이유를 알면 하루하루의 삶이 기적으로 넘쳐납니다.

부모님은 제 장애를 고쳐보려고 갖은 노력을 다하셨습니다. 하지만 역부족이었습니다. '나는 왜 태어났는가?' '나는 왜 사는가?' 하는 물음이 학창시절 내내 머릿속을 떠나지 않았습니다. 어느 날 문득 깨달았습니다.

'나는 감사하기에 살고, 감사하기 위해 이 땅에 태어났다.'

무엇이 그리 감사할까요?

'살아 있음이 감사합니다.'

살아 있음에 감사하는 순간 세상이 아름다워 보였습니다. 감사하는 순간 주위의 모든 사람들이 이해가 되었습니다. 살아가야 할 힘을 얻었습니다. 이날까지 살아 있는 것이 기적입니다. 우리는 아침에 일어나지 못할 수도 있습니다. 매일 아침 신선한 공기를 맡으면서 일어날 수 있다는 것은 곧 우리가 살아 있다는 것입니다. 걸어 다닐 수 있는 다리, 만질 수 있는 손, 숨을 쉴 수 있는 코, 말을 할 수 있는 입, 들을 수 있는 귀, 볼 수 있는 눈이 있다는 것이 다 감사할 일입니다.

셋째, 몸에는 장애가 있지만 마음에는 장애가 없다는 것입니다.

세상 사람들 가운데는 신체적인 장애는 가지고 있지 않지만 마음에 장애가 있는 이들이 많습니다. 텔레비전을 틀면 온갖 범죄가 넘쳐납니다. 우울하고 불안해서 일탈에 이르게 되고 범죄까지 이어집니다. 사람들이 왜 일탈하는 것일까요? 마음 둘 곳이 없어서 아닐까요?

제게는 장애가 있습니다. 하지만 마음에는 장애가 없습니다. 주변에는 제게 힘을 주는 지인들이 많습니다. 진정한 친구 한 명만 있어도 절대로 마음 장애인이 되지는 않을 것입니다. 세상을 힘겨워하며 자신의 마음을 죽이는 이들이 먼저 자기 자신을 사랑할 수 있었으면 좋겠습니다.

이 책이 나오기까지 고마운 분이 많습니다. 먼저, 매일 글을 쓸 수 있도록 용기를 준 하나님께 감사드립니다. 추천사를 써준 분들께 감사의 인사를 올립니다. 책쓰기의 즐거움을 알게 해준 이은대 작가님께도 감사드립니다. 이음공동체교회 이준배 목사님을 비롯한 교회 식구들, 한샘교회 조일남 목사님을 비롯한 성도님들께 감사를 드립니다. 그리고 부족한 글의 가치를 알아봐 주고 책으로 만들어준 가갸날 출판사에 감사드립니다. 마지막으로 이 장애인 아들을 이날까지 키워주신 어머니, 하늘에 계신 아버지, 사랑하는 동생 민행, 철행, 제수씨, 조카 태민에게 고마움을 전합니다.

세상 사람 모두가 마음 장애에서 해방되기를 바라며…

2020년 봄

이 세상 사람들의 마음이 편안해지기를 바라는
이진행